《山河挚爱：2020宁夏抗疫纪实》丛书编写组

报告文学卷

撰　　稿　　韩银梅　计　虹　曹海英　张　涛　杨　咏　陈莉莉

新闻纪实作品（卷一、卷二）

主　　编　　周庆华

副 主 编　　赵海虹　马文锋　杨学农　张国礼　张九阳　张　强　连小芳

编　　委　　刘建华　杨宗惠　马钦麟　张　靖　李　刚　吴少男　张慈丽

诗歌卷

主　　编　　杨　梓　谢　瑞

日记书信卷

主　　编　　漠　月　闫宏伟

艺术卷

主　　编　　庚　君　吴建新　王雪峰　宋　琰　徐娟梅

封面题字　　郑歌平

宁夏回族自治区应对新冠肺炎疫情工作指挥部办公室 主编

山河挚爱

2020宁夏抗疫纪实

新闻纪实作品（卷二）

周庆华 主编

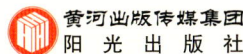
黄河出版传媒集团
阳光出版社

图书在版编目（CIP）数据

山河挚爱：2020宁夏抗疫纪实. 新闻纪实作品. 卷二 / 宁夏回族自治区应对新冠肺炎疫情工作指挥部办公室主编；周庆华分册主编. -- 银川：阳光出版社，2020.9

ISBN 978-7-5525-5508-0

Ⅰ.①山… Ⅱ.①宁… ②周… Ⅲ.①新闻报道 - 作品集 - 中国 - 当代 Ⅳ.①I217.1

中国版本图书馆CIP数据核字(2020)第181399号

山河挚爱：2020宁夏抗疫纪实·新闻纪实作品（卷二）

宁夏回族自治区应对新冠肺炎疫情工作指挥部办公室　主编
周庆华　主编

责任编辑	丁丽萍　郑晨阳
封面设计	星秀文化传媒
责任印制	岳建宁

黄河出版传媒集团
阳光出版社　出版发行

出 版 人	薛文斌
地　　址	宁夏银川市北京东路139号出版大厦（750001）
网　　址	http://www.ygchbs.com
网上书店	http://shop129132959.taobao.com
电子信箱	yangguangchubanshe@163.com
邮购电话	0951-5047283
经　　销	全国新华书店
印刷装订	宁夏凤鸣彩印广告有限公司
印刷委托书号	（宁）0018410

开　　本	889 mm×1194 mm　1/16
印　　张	16.5
字　　数	210千字
版　　次	2020年9月第1版
印　　次	2020年11月第1次印刷
书　　号	ISBN 978-7-5525-5508-0
定　　价	58.00元

版权所有　翻印必究

第一部分 | 天罗地网

中国基层治理织就全民"抗疫之网" / 003

宁夏战"疫"宣传:"声"入人心 见字如面 / 006

宁夏摸排 748.95 万人做到全覆盖无遗漏 / 012

筑起疫情防控的红色防火墙 / 015

　　——宁夏基层党组织和党员战"疫"一线见闻

这场战"疫",我们决不会退缩 / 019

银川全力做好一线医务人员关爱保障工作 / 024

银川集中观察点"1275"管理制度促规范提水平 / 027

石嘴山市"四个一线"筑牢社区战"疫"防护网 / 030

宁夏:跨越时空开辟抗疫"云战场" / 033

宁夏同心县全力以赴扎实筑牢基层防护网 / 041

抗击疫情法律服务更精准

 宁夏司法行政系统派出近千人下沉社区企业 / 045

宁夏200余支以退役军人为主体的

 民兵突击队奋战在抗疫一线 / 049

战"疫"一线最温暖的色彩 / 054

冲锋在抗疫一线的残疾人 / 058

隆德社火表演队变身防疫宣传队 / 061

又想又怕的视频聊天 / 063

银川经济技术开发区不遗余力投身没有硝烟的战争 / 066

来自大山深处的轰鸣 / 070

在宁夏，煤是怎么变成口罩的？ / 075

完善社会治理"免疫系统" / 078

第二部分 | 群英征战

强力推进援鄂抗疫 / 083

零距离探访离病毒最近的地方：这里的人很特别 / 086

"疫情不退，我们24小时坚守最后一道防线" / 090

宁夏石嘴山：最美"夫妻档"携手战"疫"在一线 / 093

既是恋人　更是战友 / 096

 ——宁夏灵武一线医务人员的抗疫之路

目　录

我的战"疫"伙伴们 / 098

宁夏"95 后"医疗队队员胡莹的战"疫"故事 / 102

千里"云会诊"诠释"宁"来"襄"助情 / 105

尽锐出战　精准救治 / 108

固原市原州区卡友一路"逆行"雷神山 / 111

不辞辛劳　勇挑重担 / 113

宁鄂同心抗疫：路再长也会有终点 / 117

"宁"来"襄"助，"兄弟连"风雨同舟 / 122

　　——宁夏援助湖北战"疫"记

"常妈"的承诺 / 128

最美的她 / 131

抗疫白衣巾帼背后的"后援男团" / 133

梅尔思夫妇抗疫记 / 136

孙才：我是社区防控最后一道"门" / 139

银川经济技术开发区如此被热搜 / 142

一份"四个零"的抗疫成绩单 / 146

　　——宁夏新冠肺炎确诊病例清零记

夜访宁夏抗疫指挥部 / 150

固原：驻村第一书记投身"两线作战"

　战"疫"不松劲　战"贫"不停步 / 156

宁夏政法干警分级防控打好战"疫"下半场 / 161

满天繁星照亮抗疫路 / 166

  ——宁夏战"疫"志愿者速写

在防疫阻击战中擦亮警徽 / 169

  ——宁夏公安民警防疫一线速写

打赢抗疫脱贫两场攻坚战

  宁夏固原政法机关"双线作战"显身手 / 174

关键时刻见真章 / 179

  ——宁夏筑牢战"疫"党组织堡垒纪实

宁夏未检观护帮教与抗疫同行 / 183

第三部分 | 万物复苏

宁夏科技创新有效服务农业生产 / 189

且看黄土地上，春耕十八般"兵器" / 192

特写：拉面馆里的城市"脉动" / 195

宁夏西海固农民海边种上"铁杆庄稼" / 198

宁夏："铁杆庄稼"绿了塞上江南 / 201

宁夏：疫情防控不误农时　农业生产有序进行 / 205

加快复工复产　擂响脱贫"战鼓" / 208

  ——宁夏最后一个未脱贫摘帽县复工复产见闻

宁夏：从家门口到厂门口　东西部扶贫协作稳就业 / 211

宁夏宁东：一场复产升级的"化学反应" / 216

宁夏盐池："模范生"复学记 / 220

听，校园里传来读书声 / 226

　　——宁夏银川市初高中毕业班开学首日见闻

从闽宁对口扶贫协作被帮扶到战"疫"对口援鄂 / 229

　　——"小省区宁夏何以能？"系列报道之一

同时打响疫情防控阻击战和脱贫攻坚战 / 238

　　——"小省区宁夏何以能？"系列报道之二

用战"疫"效果检验主题教育成果　书写初心使命新答卷 / 245

　　——"小省区宁夏何以能？"系列报道之三

后记

烛照未来 / 254

第一部分 | 天罗地网

中国基层治理织就全民"抗疫之网"

"不出十五还是年。"在中国人看来,农历正月十五未过,春节的氛围仍在。今年,宁夏银川市金凤区香缇湾小区居民闽贵颖度过了一个不拜年的春节。

为了应对新冠肺炎疫情,春节期间闽贵颖很少下楼,即便倒垃圾,也要戴好口罩才出门,与人寒暄时会主动保持一米开外的距离。

为有效防控疫情,政府倡导春节期间"不串门、不聚餐",并出台多项措施。社区、村组是疫情防控相关政策措施抵达群众的"最后一公里"。能否在终端彻底阻断疫情传播链条,成为对中国基层治理能力的一次重大考验。

"我们要给进入小区的车辆消毒,为大家量体温,并做好登记。"

香缇湾小区保安唐存理说。

唐存理已经在小区入口处连续坚守了十多天,他和同事两班倒,24小时值守。"现在,居民会把买的东西放在大门口,我们消过毒后,再来取走。"唐存理说。

在小区门口防控疫情的同时,在宁夏银川、陕西西安等中国多地社区,还通过网格员逐户摸排等方式,确保返乡人员和确诊病例密切接触者能够居家隔离。

"对密切接触者,我们为每名隔离人员安排镇街干部及社区卫生服务站、社区工作人员各1人进行生活保障,每天3次测量体温,并保证米面粮油等物资供应。"银川市金凤区政府工作人员沈建设说。

在村委会、居委会等基层组织和网格员、村民小组长等的号召下,不少村民和市民也自发参与到抗疫之中,共同织就全民"抗疫之网"。

固原市泾源县泾河源镇冶家村,村民韩满禄每天都戴着口罩,给包括自己家在内的相邻5户人家的家庭成员进行一次体温测量,并宣传防护知识。

"我们5户每家都有从外地回来的家庭成员,他们正在居家隔离中。我是这5户选出来的,每天把健康信息上报给村民小组长,组长再报给村党支部书记。"韩满禄说。

冶家村村委会主任冶哈散说,村民以亲情乡情为纽带,进行自我管理,确保能早发现、早报告、早隔离、早治疗。

在银川市金凤区,不少居民还自发组成了志愿服务队,在小区内外张贴疫情防控宣传标语。不便外出的人则借助网络"不见面"创作疫情防控微视频、微口诀等。"社区是疫情防控的重点难点,防控工作顺利进行离不开居民们的主动配合。"沈建设说。

不仅是宁夏,在甘肃、河南、陕西等多个省份的社区、乡镇街道,不少居民自发借助大喇叭、新媒体平台等,通过制作"土味"标语、地方戏曲唱腔填词等方式,向身边人及时传递疫情的相关信息和科学防控措施。

社区和乡村迅速凝聚起齐心抗疫的"硬核"力量,来源于多年来中国基层治理成效。

宁夏社会科学院社会学法学研究所所长李保平说,面对突如其来的疫情,中国能够调动起全国人民共同抗疫,这样的基层治理能力与治理成效让我们有信心战胜疫情。

(原载2020年2月5日新华社客户端 何晨阳 马丽娟 谢建雯)

宁夏战"疫"宣传:"声"入人心 见字如面

"硬核"宣传标语走红网络、村支书大喇叭喊话、私家车变身移动宣传阵地……近期,在宁夏的高速公路路口、户外广场、街头巷尾、社区村落,针对新冠肺炎疫情防控的"花式"宣传铺天盖地、深入人心,不仅强化了人们对疫情严峻形势的认知,更贴心地提供防控疫情的科学知识。

新冠肺炎疫情发生以来,为进一步提升群众对疫情防控工作的知晓率,加强科学防范、群防群控、联防联控意识,宁夏回族自治区党委宣传部组织各市(县、区)和有关部门广泛开展社会宣传动员,盯紧重点、精准投放,创新打造社会宣传"四个阵地",使宣传触角迅速向基层延伸,推动疫情防控政策和科普知识家喻户晓。

固定阵地定点发力

"坚决打赢疫情防控阻击战""早防早治,把新冠病毒挡在家门外""打一场疫情防控的人民战争"……这些天,宁夏各市县的商圈、广场、办公楼等场所的电子屏全天滚动播放着疫情防控的宣传标语。

"疫情防控宣传铺天盖地,这是提醒市民,千万不能不把疫情防控当回事儿。有些话也很提气,相信我们一定能渡过难关。"银川市民林先生说。

疫情发生以来,宁夏第一时间运用电子屏、横幅、宣传单、挂图、车载视频、电梯轿厢广告等,对中央要求、自治区党委"五个凡是""三个全面""四个实行"的决策部署、自治区应对新冠肺炎疫情工作领导小组公告、防范疫情的科普知识等进行广泛宣传,加强公共环境营造,引导群众准确掌握政策措施,提高自我防疫意识。

截至目前,全区悬挂疫情防控宣传标语4.17万条,设置电子大屏或LED屏2.07万个,制作固定宣传设施(宣传橱窗)2381处,发放宣传单和彩页476.1万张,设计制作海报322种50.41万张。

每一个斩钉截铁的字词、每一句铿锵有力的誓言,都给处于疫情中的人们带来了力量和希望。

移动阵地"见缝插针"

"平时戴上口罩,没事不要出门。打喷嚏时弯腰低头,用胳膊肘挡住。"自1月25日以来,57岁的彭阳县白阳镇崾岘村共产党员海明贵骑着摩托车,背着喇叭走村串户,做起了义务宣传员,把防控疫情的声音传遍偏僻山村。

嶜岘村位于彭阳县西北部，这里山大沟深，全村共5个自然组417户1700多人，最远的两个自然村相距10多公里，信息较为封闭，集中宣传困难。在这种情况下，海明贵的大喇叭成为疫情防控宣传的得力工具。

在宁夏农村尤其南部山区，一些居住分散、信息闭塞的村民无法有效接收疫情防控知识。

移动载体成为城市农村防疫宣传无死角、全覆盖的重要媒介。"车开到哪里，我们的宣传就到哪里。"宁夏科协组织的29辆科普大篷车深入乡村街道，每天行程8000公里，通过播放视频、音频等进行疫情防控科普宣传。每辆车日均宣传时长6小时，受众约10万人次。

"乡亲们，用过的口罩不要随意丢弃，请放到专门的投放点。"1月30日，石嘴山市平罗县陶乐镇"大喇叭"宣传车走街串巷巡回喊话。

据了解，全区各地除安排专用音视频同步宣传车外，还调动司法宣传车、环卫保洁车等在街巷、村队巡回宣传"宁夏防疫防控十条措施"、《致居民群众的一封信》等。

这段时间，小喇叭几乎成了银川市社区工作者的标配。

"这可帮了大忙，通过它不停地说、不停地讲，让大家真正重视疫情、认识疫情了。"银川市兴庆区胜利街道办事处紫金社区工作人员对小喇叭的大作用颇为认可。

银川市、石嘴山市定制1000余个手持小喇叭，发放给社区党员、村队干部、物业管理员等，全面布设防疫宣传流动哨，消除工作盲区。防疫工作开展以来，各地共出动流动宣传车2315辆次，设置流动音频播放点16661个，把疫情防控的科学知识传向千家万户。

空中阵地"大显身手"

"少聚一顿饭，亲情不会断！"连日来，宁夏各乡村的上千个大喇叭响彻乡野，村干部用方言一次次喊话、一次次劝告。

"我们充分利用早、中、晚各个时间段，用大喇叭广播将疫情防控相关知识宣传到千家万户、田间地头。现在村民出门戴口罩已成为习惯，主动放弃聚会、聚餐活动，还主动取消了婚礼宴请。"中卫市沙坡头区迎水桥镇杨渠村党支部书记王学海说。

"除夕夜，别家人，征战顽疾；各阶层，众百姓，共同防范；居家中，自隔离，不惹麻烦；但等着，瘟魔除，春光灿烂……"由吴忠市红寺堡区戏剧家协会和红寺堡区融媒体中心联合录制的秦腔成为喇叭播放、乡间传唱的热曲。

宁夏启动重大突发公共卫生事件I级响应后，全区统一开通应急广播系统覆盖的120个乡镇930个村的6000个音柱、4000余个大喇叭、50000个入户音箱，定时播讲防疫知识，发布权威信息。对于应急广播没有覆盖的乡镇，村队干部、宣传干事用方言喊话，确保农村地区疫情防控宣传全覆盖。

1月25日起，宁夏向手机用户推送防疫宣传短信，每天分4个时段向湖北返宁、湖北来宁用户发送申报登记、健康筛查相关短信。银川市金凤区、西夏区运用无人机提醒居民养成良好卫生习惯、出门必须戴口罩。这样的"硬核"之举，群众既感到新鲜又乐于接受。

网上阵地畅通无阻

1月31日21时,银川市兴庆区大新镇永泰社区党支部书记刘荣打开微信,和居家隔离的居民陈先生视频通话。

"帅哥,一切正常吗?王姐今天咋样,发烧没?还需要些啥?"

"一切正常,就是你王姐有点感冒,帮我买点连花清瘟胶囊和抗病毒颗粒,钱我用微信转你。"

陈先生全家居家隔离的这些日子,永泰社区的工作人员当起了"跑腿员""快递员",帮他们买油盐酱醋、药品,还给他们送去了酒精和消毒液,每天通过电话或微信及时了解他们的需求、疏导他们的情绪。

疫情导致人们足不出户,少了面对面的沟通寒暄,却多了"键对键"的贴心服务。

这段时间,宁夏根据不宜大面积入户宣传、多数群众网上活跃程度高的新形势,把开展社会宣传和服务群众的主阵地搬到了线上,坚持网上网下结合、线上线下互动。

银川市兴庆区凤凰北街街道办事处兴隆社区党委副书记高永梅说:"隔离病毒,但不隔离爱与温暖。疫情是对大家共同的考验,只有守望相助、共克时艰,才能最终战胜病魔。"

在宁夏,各地城市社区网格员分区建立微信群,每天在线上关注居民动态,发布权威信息,及时收集群众关切关注的问题和生活需求,尽心、耐心、细心给予帮助解决。

为进一步疏导群众焦虑情绪,宁夏群众熟悉的第一书记、医务工作者、道德模范等纷纷化身宣传员,共录制推出900余个接地气、有温度的音视频作品,通过客户端、微信公众号、抖音、头条等广泛推送,鼓励大家坚定信心、同舟共济、科学防范。

固原市编制《新型冠状病毒感染的肺炎疫情防控宣讲手册》电子书,组织全市机关干部、驻村第一书记、社区网格员开展线上大学习,人人争做准确掌握政策要求、科学防控疫情的"疫线"宣讲员。吴忠市、中卫市推出具有地方特色的"线上大喇叭"系列节目,让地方话再度成为新"网红"。

(原载2020年2月6日光明日报客户端　王建宏)

政法干警担任抗疫先锋逐户摸排见人见面
宁夏摸排 748.95 万人做到全覆盖无遗漏

短短5天,宁夏回族自治区银川市西夏区镇北堡镇入户排查临时党支部打了个"短、平、快"小战役,全镇8697户居民全部见人见面,逐一进行健康筛查、登记造册。排查出武汉返银村民29人,全部集中隔离观察,为新冠肺炎疫情防控筑起了一道"隔离墙"。

镇北堡镇入户排查临时党支部是2月8日成立的,由镇派出所全体党员民警,以及西夏区委政法委、检察院、司法局的15名党员组成。他们分成42个小组,对全镇5村一社区按照"不漏一户、不漏一人"的要求,见人见面逐一排查。临时党支部书记、镇北堡镇派出所所长张和平告诉记者:"镇北堡镇是个移民乡镇,村民住得比较分散,每天每组只能排查20多户。为了超越病毒传播的速度快,各个小组加班加点,每天工作到晚上9点才收工,仅有的一点休息时间就是中午站着吃盒饭的时候。"

疫情就是命令。宁夏党委政法委迅速组建工作专班,由120名公安民警组成综合组、大数据组和社区排查工作组开展工作,自治区5个地级市也成立了由党委政法委书记和公安局局长牵头负责的工作专班,全区共组建由公安民警和政法干部为组长的排查组2332个。各排查组成立临时党小组,设立党员先锋岗,组建党员突击队,充分发挥党组织的战斗堡垒作用。

全区各地党委政法委派出276名党员干部,全部投入一线协助开展疫情防控工作;公安系统派出13900名警力,在路口卡点负责查验车辆、人员,进村入户调查摸底;法院系统派出1515人深入社区、乡村,从事疫情防控、消毒检疫、卫生整治工作;检察院系统派出772人协助乡镇、社区开展疫情防控工作;司法行政系统派出889人下沉到所属社区、企业,宣传疫情期间排查防控政策。截至2月15日,全面完成全区2898个社区和村居243万多户的入户排查工作,排查人员748.95万人,筛查出各类返宁人员17万余人,集中隔离7528人,隔离医学观察3458人,其余的居家隔离。

在入户摸排工作中,银川市组建了757个排查组,成立了601个临时党支部,对辖区进行"地毯式"排查;石嘴山市运用"1+X+N"警务运行模式,确保排查不留死角盲区;中卫市成立了705个由公安民警或政法干警为组长,机关干部、基层党员、社区干部、医务人员组成的"五员"排查工作组;作为宁夏南大门的固原市,制定了检查站查验工作流程,并在检查站全部建立临时党支部,全市41个检查站每日出动警力426人开展全天查验工作。

近日,在宁夏应对新冠肺炎疫情工作指挥部第四场新闻发布会上,宁夏党委新闻发言人王成峰说:"宁夏利用10天时间在全区开展了一次大起底、大摸排、大筛查的回头看,排查了748.95万人(包括流动人口),为封堵传染源头、截断传播途径奠定了基础。"

(原载2020年2月19日《法制日报》3版　申　东)

筑起疫情防控的红色防火墙
——宁夏基层党组织和党员战"疫"一线见闻

从千里驰援湖北的医疗队到集中收治医院的临床一线人员,从乡间小路上的防控点到城市小区门口的测温点,从"90后"的青春力量到年过七旬的白发老人,在宁夏回族自治区抗击新冠肺炎疫情的战场上,党旗高高飘扬,党员处处争先。宁夏各级党组织把打赢疫情防控阻击战作为当前最重要的任务,广大党员全身心投入,在这场没有硝烟的战斗中守初心、担使命。

上前线必有我

疫情来袭,湖北告急。宁夏紧急从全区各医院征调人员组成一支援鄂医疗队,奔赴抗击疫情一线。发出征集令的24小时内,各大医院共有2000多名医护人员主动"请战"。"我是党员我先上！"党员成为最踊跃的请战人。

1月27日下午，宁夏医科大学总医院呼吸与危重症医学科主任医师李秀忠和科室其他同事，在一封赴抗疫前线的《请战书》上，郑重署上姓名，摁下红手印。宁夏医科大学总医院第一批援鄂医疗队的20名队员中，党员有12名。

李秀忠身患糖尿病已有10余年，上有八旬父母、下有两岁小儿。

"虽然会让家人担心，但我是一名党员，有专业的医疗知识储备，疫情来了，我必须站在前列。"李秀忠说。在《请战书》上按下红手印的第二天，李秀忠就带队远赴湖北襄阳。目前，李秀忠已经在襄阳市老河口市第一医院的隔离病区投入紧张的查房、诊断和治疗工作中，他的队员也分散到襄阳市的12个医疗点全身心投入工作。

队员们虽然分散，但医疗队还是成立了临时党支部，李秀忠任党支部书记。"目前已经有3名队员向临时党支部提交了入党申请书，相信他们在防疫一线经受思想觉悟和工作能力的考验后，将会成为一名合格的共产党员。"李秀忠说。

一个党员一面旗帜

"平时戴上口罩，没事不要出门。打喷嚏时弯腰低头，用胳膊肘挡住。"新冠肺炎疫情发生后，宁夏固原市彭阳县白阳镇崾岘村的共产党员海明贵坐不住了。他从新闻上得知疫情防控宣传工作在农村存在薄弱环节，于是背上移动宣传播放器，走村入户，当起了义务宣传员。

嵯岘村山大沟深，全村共417户1700多人，最远的两个自然村相距10多公里，村民居住分散。春节期间，海明贵每天早上8时出门，中午回家吃饭，给喇叭充电，下午接着出门宣传，直至晚上8时才收工回家。"一天骑行40多公里，耗一箱油。"为了能让村民听明白防疫宣传内容，海明贵始终将摩托车的速度放至最低。

疫情面前，处处是战场。战场上，每一个党员都是一面战斗的旗帜。在宁夏最南部的泾源县，民警马四贵的女儿从武汉放寒假回来还在隔离中，作为临时党支部组织委员的他却无暇顾及女儿，每天连轴转在防控卡点上。"疫情就是命令。从1月27日开始我所处的卡点每天车流量超过8000辆，返程高峰期到来后会更多，我们必须守好宁夏的南大门。"马四贵说。

宁夏吴忠市红寺堡区新庄集乡红阳村的老党员何世清家宰好了牛，准备好了喜宴，看到日益严重的疫情，他主动说服儿子推迟办喜事。"不带头搞事，带头不搞事。"在何世清的带动下，红寺堡区有52个家庭主动取消或推迟了办喜事。

一个组织一个堡垒

为了给打赢防疫阻击战提供坚强的组织保证，自治区党委组织部印发《关于动员各级党组织和共产党员全力做好新型冠状病毒感染的肺炎疫情防控工作的通知》，派出由自治区党委常委任组长的5个防疫工作指导组和6个督导检查组，并列出宁夏各级党组织和党员干部在疫情防控工作中发挥作用情况督导检查清单。

记者从银川市金凤区疫情防控综合协调组获悉，为筑牢抗疫防线，金凤区锻造了一条集党员干部、医护人员、基干民兵、警务人员、环卫工人为一体的抗疫"五色链"，确保抗疫无死角。辖区72个村居及机关党组织1000余名党员干部在岗值守，成立4个临时党小组，发挥"信息员、宣传员、战斗员"作用；300余名"红马甲"志愿者奋战在基层一线；雷锋车队义务接送一线医务人员；爱心企业和社会各界人士主动捐款捐物。

在石嘴山市大武口区，800余名机关党员和职工全部下沉到社区网格充实基层防控力量，挨家挨户讲解疫情防控知识。吴忠市盐池县王乐井乡的各村驻村第一书记都停止了春节休假，全部返回村庄投入疫情防控工作。自治区交通运输行业在195个防疫查验站中，成立43个临时党支部，坚持哪里有查验站、哪里就有党旗。

在党组织的引领下，还有一大批非公企业和社会组织不计利益得失，加入防疫阻击战中。银川方达电子系统工程有限公司党支部积极响应自治区防疫部署，通过在基层业务系统中增加新型冠状病毒跟踪与管理模块、研发相关业务APP等，提高工作人员入户登记管理效率。宁夏马连富电力科技有限公司董事长马利君率领员工放弃春节休息，克服重重困难，为武汉生产"径流式高电压空气净化器"设备。

"全区各级组织系统、基层党组织及广大共产党员已经全面进入'战时'状态，把打赢疫情防控阻击战作为践行初心使命、体现责任担当的重要实践战场。"自治区党委组织部相关负责人说。

（原载2020年2月3日新华网　张　亮　谢建雯　何晨阳　　马丽娟　冯开华　任　玮　于　瑶　杨稳玺　卢　鹰）

这场战"疫",我们决不会退缩

这几天,57岁的老党员海明贵"火"了。

"平时戴上口罩,没事不要出门。打喷嚏时弯腰低头,用胳膊肘挡住。"海明贵骑着摩托车、背着喇叭走村串户宣传的短视频,在朋友圈里广为传播。

海明贵是固原市彭阳县白阳镇崾岘村的共产党员,他所在的地方山大沟深,居民居住分散,信息封闭。于是,海明贵每天骑行40多公里,自发做起了村里疫情防控的义务宣传员,立誓要用最"笨"的方式,将疫情防控的声音传遍偏僻山村。"当前,我这个岁数只能干点力所能及的事,让群众管好自己,为社会减轻负担。"海明贵说。

面对突如其来的新冠肺炎疫情,如何充分发挥全区各级组织部门、基层党组织、广大党员的战斗堡垒作用和先锋模范作用，全面落实联防联控措施、构筑群防群治严密防线，是当前疫情防控的重要工作，也是打赢这场攻坚战的关键点。

为此，宁夏回族自治区党委和政府第一时间研究部署疫情防控工作，决定由党政主要负责同志坚守岗位、靠前指挥，并迅速建立战时指挥架构，全面加强党对疫情防控工作的统一领导。

连日来，宁夏向各地派出了由自治区党委常委任组长的5个防疫工作指导组和6个督导检查组，列出宁夏各级党组织和党员干部在疫情防控工作中发挥作用情况督导检查清单，从领导责任落实情况、基层党组织和党员发挥作用情况、防控措施落实情况等方面督促指导防疫工作落实到位。

战"疫"打响，一张全民坚决抗击疫情的"作战图"迅速铺开。宁夏各级组织系统、基层党组织及广大共产党员全面进入"战时"状态，把打赢疫情防控阻击战作为践行初心使命、体现责任担当的重要实践战场。

银川市委组织部向6个县（市）区卫健、公安、交通重点防控部门以及4家市属医院等配套划拨党费共计300万元，用于新冠肺炎疫情防控工作；石嘴山市委组织部组建了100多支"党员先锋队"，成立了334个临时党支部，统筹各方力量；吴忠市推动市县418个共建单位与72个社区党组织捆绑起来，划片包干；固原市各级党组织结合当地正在开展的"担当新使命、展现新作为"学习实践活动，制定第一书记和驻村工作队疫情防控工作任务清单，明确"七项任务"，出台"九条措施"，完善深化"双评双定"，在疫情防控工作中发现问题，树立典型，锻炼干部；中卫市委成立了4个疫情防控工作专项督查组，下沉到市直各部门和3个县（区），对应对疫情防控工作不力的干部进行严肃问责。

疫情就是命令，防控就是责任。在这里，涌现出众多"不计报酬、不计生死"的最美逆行者，大批党员干部挺身而出。

1月28日下午，宁夏第一批援湖北医疗队从银川河东国际机场出发，137名医疗队队员驰援湖北武汉。

"临行前，妈妈哭得稀里哗啦的。但是国家有需要，我一定要冲到前线。"1月28日，宁夏首批医疗队驰援湖北武汉，银川市第一人民医院血液透析室护士胡莹主动请缨到一线工作，在一线递交了入党申请书。

"每一位战友都竭尽所能，为抗击疫情奉献着……作为团队中的一名老党员，我更要身体力行，起到模范带头作用。"宁夏第五人民医院医生刘福清，在湖北枣阳市第一人民医院支援一线，写下自己的抗疫日记。

在这里，有不少夫妻为了全身心投入到疫情防控工作前线，把父母和孩子托付给他人。

固原市火石寨乡卫生院医师王靖与丈夫于2002年6月同一天入党。如今疫情形势严峻，他们夫妻俩选择将孩子送回老家由母亲照看，一起冲上疫情防控一线。"疫情当前，每位党员都在为抗击疫情奉献着自己的力量，我为成为其中一员而感到自豪。"王靖说。

在这里，有退休老党员志愿者在抗疫一线坚守。

已过花甲之年的王晓东，是石嘴山市惠农区"红袖标"志愿服务队的一员。不管是网格化入户防疫宣传、人员信息摸排，还是出入人员管控、社区消毒杀菌，都能看到他忙碌的身影。"我是党员，这个时候更应该冲在前面。"王晓东说。

在这里，有爱心人士无私奉献的人间大爱。

一件温暖的小事感动了银川。退役老兵王晶没有想到，他在网上发布的义务接送医护人员上下班的倡议，竟会促使在短短几天内组建起一支有近200辆车、能够运送3000多名医护人员上下班的车队。在部队服役11年、有着深厚军旅情结的他，还专门给车队起了个名字："橄榄绿爱心车队"。"作为一名党员，就是要尽一点微薄之力，让医护人员尽快有效到达岗位，更好地救治病人。"王晶说。

"面对突如其来的疫情，员工可能有些恐慌，我作为党员，就要顶在最前线。"同福大饭店总经理马志斌大年三十住进了酒店，与部分员工坚守岗位，尽职尽责为武汉滞留旅客提供热情周到的服务。"再次感谢银川……在这非常时期，照顾我们，给我们家的温暖。疫情无情，人间有情。"这封来自武汉滞留旅客的感谢信，让马志斌感到温暖而有力量。

在这里，有企业倾情付出、倾囊相助。

在疫情面前，银川建发集团第一时间组成疫情防控党员先锋队，全面做好政府、写字楼、社区、公寓、产业园区、银行、共建服务单位等十余个业态的疫情防控工作。同时，集团给予建发商管、建发物业关联的近千家小商户1600万元专项补贴。"此时此刻，做好我们该做的，共克时艰。"银川建发集团股份有限公司董事长杨伟说。

疫情面前，这样的例子数不胜数。病毒可以被隔离，但爱不会被隔离。自治区党委组织部向全区疫情防控一线的医护人员家属发出了慰问信，字里行间，记录着温情，传递着敬意与感谢。

当前，疫情形势严峻。宁夏大地，每一个角落都在争分夺秒地行动着。每一位党员，都是一个抗疫细胞，被全面激活。一封封摁满红手印的《请战书》，一声声"我是党员，我先上"的铿锵誓言，一个个众志成城、抗击疫情的暖心故事，让所有人看到了全民抗疫的力量。

这场战"疫"，我们决不会退缩！

（原载2020年2月14日人民网　贾　茹　阎梦婕）

银川全力做好一线医务人员关爱保障工作

2月27日,宁夏回族自治区银川市委常委会研究决定,对在新冠肺炎疫情防控中表现突出的第二批8个先进基层党组织和21名优秀共产党员进行表彰奖励。

根据自治区党委组织部有关通知精神和市委要求,银川市委组织部制定慰问补助、表彰奖励、职称评定、年度考核、休假疗养等措施,全力做好疫情防控一线医务人员及其家属关心关爱和服务保障工作。

加强关心慰问。加大对在抗疫一线表现突出的医务人员或医务人员家属的慰问力度,分类研究制定抗疫医务人员临时性补助标准,落实卫生防疫津贴政策。对驰援湖北的医务人员,在享受临时性工作补助的基础上,再给予一定慰问补助。

做好表彰奖励。持续做好对防控一线医务人员的表彰奖励工作,对在疫情防控中作出贡献的,特别是奋战在疫情防控一线的医疗卫生集体和工作人员,根据有关规定给予嘉奖和记功奖励。结合银川市"凤城名医""凤城社工名人"评选表彰活动,优先向疫情防控一线表现突出、受到记功及以上奖励的医务人员倾斜,对获奖人员每人一次性奖励两万元。

落实政策待遇。在抗疫一线考察、识别、评价、使用干部,把政治成熟、敢于担当、实绩突出、干部群众公认度较高的干部及时提拔重用到合适岗位或及时解决职级待遇、晋升职级,对参加疫情防治的一线医务人员在职称评聘中优先申报、优先参评、优先聘任。

强化人才培养。加大卫生防疫系统高精尖缺人才培养力度,在市级"人才小高地"建设工程中,优先支持医疗卫生系统特别是呼吸及危重症研究、应急救援等方面人才项目建设,并给予一定额度资金支持;设立医疗卫生系统精英人才研究深造项目专项计划,择优遴选一定数量的医疗卫生系统专业技术人才,支持赴国(境)内外高校、科研机构研修,并给予1万元至5万元的生活补贴或80%的学费补贴,最高不超过30万元。

保障休假疗养。建立一线医务人员轮休制度,在保障正常防控救治工作前提下,科学合理安排作息时间。组织一线医务人员在疫情结束后进行免费健康体检,对表现突出的医务人员集中安排休假疗养。做好因履行工作职责感染新冠肺炎医务人员的工伤认定,开辟绿色通道、简化理赔程序,保障医务人员及时享受工伤保险待遇。

为一线医务人员每人办理1份保额为20万元的人身意外伤害保险,消除医务人员的后顾之忧。积极落实好自治区向全区医护人员捐赠的"E无忧"保险保障。

提高优秀等次比例。增加对参加疫情防控一线医务人员的考核优秀等次指标,将援湖北医疗队的医务人员评定为优秀等次,其他二级以上医院隔离病房(感染性疾病科)、疾控中心、发热门诊医务人员优秀比例可占参加总人数的50%。

(原载2020年3月2日中国农网　张国凤)

银川集中观察点"1275"管理制度促规范提水平

新冠肺炎疫情发生以来,为有效阻断疫情传播渠道,切实保证"外防输入、内防扩散",宁夏回族自治区银川市先后建立了一批集中观察点,对重点省(市)来银人员进行集中隔离观察。连日来,面对从未开展过的集中隔离工作,银川市广大党员干部在"主动担当、真情服务"的实践中,总结出了许多宝贵经验。近日,银川市经过进一步总结提炼、充实完善,出台了《银川市集中观察点管理工作制度》,为进一步规范集中隔离工作、提升服务水平提供保障。

派驻一支队伍真情服务。银川市先后建立集中隔离观察点21个,并抽调两名市级领导、20余名市直部门主要负责同志以及260余名党员干部进驻观察点。每个集中隔离点指定1个市直部门(单位)专门负责，由该市直部门（单位）负责人任组长，并配备公安民警、医护人员、社区工作人员、酒店管理人员等若干名，成立工作小组，负责集中观察点各项工作。工作小组里的党员，成立了临时党支部，发挥党员模范带头作用，切实保障集中隔离点工作。

建立两个方案明确职责。针对集中隔离时间要求急促、组成人员多样、执行任务多变、工作环境复杂及综合协调艰难等特点，建立了《集中观察点工作方案》和《应急处置预案》两个总方案。《集中观察点工作方案》明确了集中观察点的工作职责、组织机构以及工作流程，《应急处置预案》对集中观察点出现的应急情况进行了具体分类，并给出具体处置措施，确保充分发挥工作组各种力量优势，保障集中隔离高效运转。

出台7项制度统一管理。7项制度包括联席会议制度、基本信息公示制度、留观人员接送管理制度、人文关怀制度、电话接听及处理办法、人员出入登记及体温检测管理规定、防护物资管理制度等，明确各项重点工作的步骤环节和具体标准。在人文关怀制度中，设立了心理危机干预专家热线，由宁夏医科大学总医院和市医院6名专家提供心理疏导电话服务。各集中点也积极发挥作用，为留观人员过生日、开展室内创意竞赛等，丰富留观人员生活，传递"隔离病毒不隔爱"。

明确5项规范提升服务。就集中观察点工作流程、工作处置流程、场所消毒与防护要求、房间消毒指南、生活垃圾处理等5项流程的操作进行规范，进一步提高工作标准，提升工作质量，切实为留观人员提供优质保障。

截至目前,全市21个集中观察点运行平稳,累计留观人员6254人,累计解除隔离2536人,未发现疑似和确诊病例。"1275"管理制度为各集中隔离工作小组开展工作提供了制度保障,进一步促进了集中观察点各项工作科学有序、规范高效。

(原载2020年2月26日中国农网　张国凤)

石嘴山市"四个一线"
筑牢社区战"疫"防护网

为全面贯彻落实习近平总书记关于"充分发挥社区在疫情防控中的阻击作用,把防控力量向社区下沉"的重要指示,宁夏回族自治区石嘴山市充分发挥城乡基层党建引领社区治理的作用,采取"四个一线"工作措施,从严从细落实防控责任,筑牢社区抗疫"防火墙"。

红色网格铺在一线,织密疫情防控组织体系。把党建网格化管理与疫情防控有机结合,充分发挥街道社区党组织领导核心作用,推行"街道+社区+网格"疫情防控网格化管理模式,全市16个街道、115个社区、67名专职网格员、1804名兼职网格员、7484名网格协管员全面发力,联防联控、群防群治,党建网格制度优势迅速转化为疫情防控的组织优势。全面落实"四包一"工作责任制度,由党支部书记、下派社区网格党员、包片医生、社区干部组成专班,对疫情重点人群实施点对点包抓。充分发挥街道党工委、社区党组织横向联系优势,加强网格内机关企事业单位协同配合,实现了网格内联防联控全覆盖。

临时党支部建在一线,筑牢疫情防控战斗堡垒。建立街道(乡镇)等基层单位临时党组织工作体系,有效统筹街道、社区干部,辖区各类组织、社会志愿者等,全市成立39个临时党委、334个临时党支部,组建党员突击队(先锋队)170个,发动党员志愿者4000余名,设立230余个党员责任区、党员责任岗,实现了城市社区疫情防控卡点全覆盖。下发《关于在疫情防控中发挥社区(村)党组织引领和广大党员带头作用的通知》,充分发挥社区党组织首道防线作用,落实落细联防联控措施,确保党旗始终飘扬在疫情防控的第一线。

机关干部扑到一线,加强疫情防控工作力量。坚持重心下移、力量下沉,全面开展市、县(区)机关在职党员干部协助社区疫情防控工作,先后派出66个市直部门(单位)1370名党员干部和县区1480名科级干部支援社区(村)疫情防控工作。下沉城市社区的机关干部接受社区党支部的统一领导和调度,协助社区开展重点群体排查、进出人员登记、防控知识宣传、困难群体帮扶等工作,出台《进一步激励基层党员干部和医务工作者在疫情防控一线担当作为的十条措施》,进一步激励一线工作者在疫情防控阻击战中担当作为。

组织温暖送到一线,加大对社区干部的关爱力度。印发《关于在应对新型冠状病毒感染的肺炎疫情工作中减轻基层负担的通知》,规定任何部门和单位未经批准,不得要求基层上报信息简报、工作情况等，切实减轻基层负担。对在抗击疫情中表现突出的社区干部和青年适时进行表扬表彰，并列入后备干部库，优先作为社区"两委"换届推荐人选。认真落实社区干部轮休政策，对在疫情防控工作中长期加班加点的同志进行轮换，强制安排休息。加大对社区工作人员的法律保护力度，对在疫情防控期间有侮辱、威胁一线工作人员的行为，进行严厉打击。

（原载2020年2月27日中国农网　张国凤）

宁夏:跨越时空开辟抗疫"云战场"

宁夏在"互联网+医疗健康"示范区建设中,打破地区、部门壁垒,先行先试,全区医疗资源形成一张网、一个平台,优化城乡医疗资源配置,有效满足了人民群众特别是偏远地区患者对优质医疗资源的需求。

新冠肺炎疫情暴发后,宁夏坚持党建引领,党员带头,以上率下,有力发挥了基层党组织的战斗堡垒作用和党员的先锋模范作用,充分运用"互联网+医疗健康"的示范建设成果,将5G、人工智能等新科技融入远程医疗服务体系,推动"5G+云会议"等的应用。在本区域内,通过远程诊疗迅速集结优质专家资源,在快速确认病例和疑似病例排查方面发挥了重要作用;在驰援湖北医疗抗疫过程中,

"互联网+医疗健康"跨越时空,助力前线抗疫团队救助患者;在满足群众日常诊疗需求、保障疫情防控外的医疗服务方面,"互联网+医疗健康"通过线上接诊,引导患者分时段就诊,减少了患者在医院内的聚集,有效降低了交叉感染的风险。

截至3月4日,宁夏75名新冠肺炎确诊患者中,累计治愈出院69人,治愈率达92%。

紧急呼叫,即时高效配置战"疫"最优资源

时间就是生命,疫情防控和患者救治都在与病毒赛跑。

宁夏优质医疗资源相对不足,自治区应对新冠肺炎疫情工作领导小组从一开始便确立了集中患者、集中专家、集中资源、集中救治的原则,举全区之力救治确诊患者。宁夏依托"互联网+医疗健康"平台、互联网诊断平台,建立了远程会诊服务体系。从1月26日起,自治区诊疗专家组成员每天晚上都要在自治区新冠肺炎确诊病例定点收治医院——宁夏第四人民医院的远程会诊中心与各级医疗机构"隔空问诊"。该会诊平台联通了宁夏近200家医疗机构。

宁夏还搭建影像会诊平台,开通了新冠肺炎影像诊断专用通道,借助新冠肺炎智能影像评价系统,对疑似新冠肺炎的DR/CT片源进行会诊。

2月11日晚,固原市西吉县震湖乡毛坪村村民毛某因发热、咳嗽、胸闷,就诊于西吉县人民医院发热门诊。就诊时,毛某体温38.7℃,胸部CT显示右肺上叶及左下肺炎症。当晚10时,西吉县人民医院与固原市专家组会诊。此后两天,治疗效果不明显。

2月13日下午5时，西吉县人民医院与自治区诊疗专家组进行远程会诊。专家组给出指导建议：接触史不明确，不用报疑似病例，建议隔离治疗；肺部CT提示左下肺磨玻璃影改变，建议使用相关药物治疗。

相隔近400公里的远程视频会诊，避免了患者长途转诊，也降低了可能带来的交叉感染风险，还使其得到了及时、精准、有效的诊疗。2月18日，患者毛某治愈出院。

远程会诊服务，通过提供疑似病例鉴别诊断、救治方案等，提升了基层医疗机构对新冠肺炎留观病例、疑似病例和发热病人的鉴别诊断准确率及救治率。

"把患者的CT调出来，你看，他的肺和刚住院时有明显变化。"2月18日上午，银川市新冠肺炎远程会诊中心组织医疗专家在银川市第一人民医院，对银川市妇幼保健院接收的一例新冠肺炎疑似病例进行远程会诊。10岁患儿米某某一家四口于1月30日从甘肃省庆阳市返银，居家隔离。隔离期间，米某某出现发热症状，体温37.6℃，咳嗽两天并伴咽痛，双肺呼吸音粗。

经过认真分析讨论，专家组对后期需要完善的检查和系统治疗方案给出了指导性意见。

"通过远程会诊平台,我们对各市、县(区)初筛病例的确认、救治、转诊进行及时指导，确保患者第一时间确诊、第一时间转到定点收治医院、第一时间接受精准治疗。"宁夏新冠肺炎诊疗专家组副组长、宁夏医科大学总医院呼吸与危重症医学科主任郑西卫说。

抗疫期间，宁夏参与远程影像诊断和会诊工作的影像专家50余位,已通过远程会诊排查疑似病例近百例,诊断6000余例,覆盖全区200多家医疗机构。

团队支撑,"前线单兵"随身携带"背包医院"

2月17日晚,一场跨越千里的"云端诊疗"连接了宁夏银川和湖北襄阳。

这场远程会诊刻不容缓:襄阳职业技术学院附属医院两例患者都有明确的接触史,肺部影像也都非常典型,但多次核酸检测均为阴性,无法确诊他们是否感染新冠肺炎。

在近1个小时的连线中,通过仔细观看患者影像学资料、倾听患者的症状和病情发展等,参与会诊的宁夏医科大学总医院专家组明确认定两名患者为临床诊断的新冠肺炎确诊病例,并提出了具体的诊断意见。

这场"悬丝诊脉"的发起者,是宁夏派出的援助湖北医疗队队员。有强大的"互联网+医疗健康"技术平台和后方团队的支撑,相当于每一个前方"战士"都有了一个可随身携带的"背包医院"。

目前,宁夏已完成与襄阳市中心医院、襄阳职业技术学院附属医院等多家对口支援医院的远程会诊、远程(影像)对接工作。

对口支援湖北省襄阳市以来,宁夏先后派出6批785名医护人员。这不是一支庞大的队伍,每一个"单兵"、每一个小分队的背后,都有宁夏顶级医疗专家团队的强大支撑。这些专家在救治宁夏新冠肺炎患者中成效显著。

"我们医院支援襄阳的医护人员名额有限,目前双方已建立了联络员机制,我们更多的专家资源可以通过远程会诊发挥作用。"宁夏回族自治区人民医院医务处处长陈志宏说。

2月18日下午4时,宁夏回族自治区人民医院新冠肺炎诊疗专家组与襄阳市谷城县人民医院"隔空开诊"。在谷城县人民医院ICU主任丁红军介绍了相关情况之后,专家组成员认真读取患者的影像学资料,详细了解患者的病史、检查检验结果及目前的诊疗方案,会商后,专家组提出了明确具体的诊疗意见和后续康复治疗建议。

"互联网+医疗健康"为抗击疫情插上了科技的"翅膀",党建引领则为驭好这些高技术手段提供了组织保障,凝聚了抗疫信心和强大能量。在抗疫一线,宁夏卫生健康委机关党委批准成立了宁夏支援湖北襄阳抗疫医疗队临时党总支和宁夏支援湖北武汉抗疫医疗队临时党总支,设立了14个临时党支部。切实发挥各临时党支部的凝聚推动作用,积极开设"勇担当、善作为"特殊党课,引导广大党员在一线勇担当、作表率。宁夏支援湖北医疗队785人中有233名党员,有300多人火线提交了入党申请书。

"互联网+医疗健康"示范区建设,打破了时空限制,让先进的诊疗服务通过云端可抵达全球任何角落。

云端门诊,"第二战场"满足日常诊疗需求

"老师您好!我是暖泉农场职工医院门诊医生白建梅。患儿蔡某某,男,4岁,咳嗽1个月,自行口服止咳糖浆、小儿感冒颗粒,症状未见明显缓解,昨日来我院就诊查了血常规、拍了胸片等。胸部正位片显示,左肺纹理增粗增多,考虑支气管肺炎,给予氨溴索口

服液、中药感冒贴敷治疗，患儿夜晚咳嗽加重，今日遂来就诊。"2月18日上午，在银川市贺兰县暖泉农场职工医院远程会诊室，门诊医生白建梅正在通过银川市互联网医院与银川市妇幼保健院儿科主治医师王军杰进行远程会诊。

疫情期间，正值冬春季流感高发期，群众扎堆前往医院会增加交叉感染的概率。通过互联网医疗平台，根据实际情况引导线上就诊，可有效缓解医院门诊就诊压力，避免不必要的交叉感染。

宁夏专门上线了在线义诊平台，同时开通互联网医院免费发热咨询、线上科普等平台，借助线上信息技术手段，做好百姓健康守门人。目前，已有两家自治区级医院、21家银川市互联网医院的联盟医院开通了在线义诊通道，为群众提供24小时线上义诊服务。义诊平台还内置可疑病例上报系统，针对医生接诊过程中发现的新冠肺炎疑似患者或确诊患者，上报至疾控部门，助力疫情防控工作。

宁夏回族自治区人民医院互联网医院针对居家隔离观察人群开发了居家隔离指导服务平台，通过被观察者、社区和医疗机构等线上线下联动，进一步提升隔离观察的规范性和医务人员对居家隔离人员的管理指导效率，帮助居家医学观察群体在特殊时期做好隔离。

新冠肺炎疫情发生以来，全国各地共调派300多支医疗队、4万多名医护人员驰援湖北，不少医疗机构医务人员紧缺、负荷超载。在这种情况下，互联网医疗平台开辟了抗击新冠肺炎疫情的"第二战场"，数万名医生线上注册，打破地域限制，不仅为本地区更为全国患者服务，成为线下医生的有力支援。线上诊疗、5G远程会诊、智能筛查系统、医疗服务机器人等相继投用且成效明显，成为抗击疫情的重要力量。

随着宁夏"互联网+医疗健康"示范区建设的稳步推进，有着较好"云计算"和大数据发展基础和优势的银川市、中卫市，加快推进国家健康医疗大数据中心和产业园建设，吸引不少互联网企业入驻，线上医生注册人数持续攀升。

2月19日，中卫市与微医宁夏互联网医院对接，组织二级以上医疗机构和医生线上加入"抗击新冠肺炎实时求助平台"，将抗击新冠肺炎义诊平台接入各医院公众号。两天时间，有300多位医生注册上线，接诊1400多人次，其中中卫市患者517人次，其他地区900余人次。

吴忠市盐池县人口居住分散。该县人民医院在发热门诊、普通门诊设立远程诊疗。发热门诊24小时接诊，各医疗机构在预检分诊发现异常时，可远程视频呼叫值班医生，确定下一步诊疗方案；普通门诊患者可通过"健康盐池居民通"或盐池县人民医院微信公众号挂远程视频门诊号，直接到就近的8个乡镇卫生院、21个村卫生室视频就诊。

为推动救治关口前移，宁夏卫生健康委针对此次疫情紧急研发了新冠肺炎疫情监控暨信息直报系统，以实时报送、云化统计、大数据分析研判为基础，通过"大数据+网格化"等，结合宁夏现行疫情防控工作要求，实现了全区73家定点医疗机构发热门诊数据、确诊和疑似信息、密接人员信息、物资储备情况等网络直报，以及宁夏各级卫生健康委（局）、疾控中心重点人群管理和基层非定点医疗机构预检分诊工作的线上应用。截至目前,宁夏已注册各类用户3000多个,定点医疗机构上报患者信息和密接人员信息2000多条、医疗机构信息(发热门诊)3000余条。

(原载2020年3月6日《光明日报》5版　王建宏　张文攀)

宁夏同心县全力以赴扎实筑牢基层防护网

疫情就是命令,防控就是责任。

连日来,同心县坚决贯彻落实党中央、国务院决策部署,按照自治区党委和政府、吴忠市委市政府安排要求,在防上做到"五个凡是"、控上做到"三个全面"、治上做到"四个实行",严格按照突发公共卫生事件应急预案要求,强化措施,压实责任,确保各项工作落实落地落细。

全县各乡镇都成立了应对新冠肺炎疫情工作指挥部,严格落实疫情防控措施,启动联防联控机制,推动全民参与,全力以赴打响基层疫情防控阻击战。

党员带头　群防群控

在豫海镇新华社区，村头巷尾冷冷清清，串门的、聚会的都不见了踪影，只有党支部书记马勇忙前忙后跑个不停。

1月初，马勇因患甲状腺癌，在银川市第一人民医院做了手术，术后暴瘦10公斤，免疫力急剧下降，医生嘱咐他要在家休息。然而，接到社区参加疫情防控工作的通知后，他毫不犹豫，立即返岗。

"从部署、排查、管控，到社区工作人员的防护用具，心里都要有数。"马勇说，"我做社区工作时间久，家家户户的情况我最清楚，大家也能听得进去我的话。只有每个人都提高防护意识，疫情才能得到有效控制，这也是我们党员义不容辞的责任。"

在马勇的带动下，党员文学洪主动承担了社区内外的消毒工作，并担任防疫排查专项小组组长，带着一队人员每天走街串巷进行宣传、排查。低保户铁永霞、铁永梅姐妹俩主动请缨配合社区工作，每天在小区和微信群内宣传防疫措施，听到有外省返乡人员时，第一时间向社区反映，并劝说其居家隔离观察。"防控疫情，我们要做些力所能及的事。"铁永霞说。

据了解，新华社区切实落实以社区防控为主的综合防控措施，科学有序开展疫情防控工作，形成疫情从联防联控到群防群控、稳防稳控的积极局面。

青年当先　主动请缨

2月1日早晨10时，王团镇蔡家滩村驻村第一书记吴学文在镇政府参加完全镇抗击疫情党（团）员突击队启动仪式后，便收到了一份特别的《请战书》。

"同心县王团镇蔡家滩村委：我叫马飞龙，是蔡家滩的一位普通村民，今年20岁……我志愿加入到抗击疫情的战斗中，去打赢这场疫情防控阻击战，保护人民的生命安全，为抗击疫情出一点点力，望蔡家滩村委会能够批准，谢谢。参战申请人：马飞龙。2020年1月31日。"

"这份特别的《请战书》感动了在场的每一个人。"吴学文说，"它让我感受到了当代青年的担当，相信经历这次志愿服务，马飞龙也会得到很好的锻炼。同时，我们也会严格按照防疫标准开展抗击疫情的相关工作，保护好我们的基层工作人员和村民。"在请战书上面写下"同意加入"后，当日下午，吴学文便带着马飞龙来到抗击疫情工作组，投入到紧张的疫情防控工作中。

全员防控　携手同行

在同心县石狮开发区沙嘴城村一户崭新民房里，准新郎马晓龙翻看着自己的结婚照。"虽然婚期延迟会带来一些麻烦，但是特殊时期，我不能只顾自己的利益，应该把大家的安全放在第一位。"马晓龙说，"面对疫情，即使我出不了力，也不能添乱。"

为了坚决打赢新冠肺炎疫情防控阻击战，同心县通过广泛发动群众，陆续发布《告全县人民群众一封信》《同心县将暂停春节期间一切文化旅游体育活动的公告》等一系列公告、通知，动员全社会共同行动起来，积极参与这场没有硝烟的人民战争。

王团镇以户为单位，对武汉返乡人员、外出务工返乡人员等逐一造册登记，健全工作台账，做到全覆盖、不留死角。河西镇各村利用广播、大喇叭等不间断宣传疫情防控知识，全面动员群众，引导群众不发起、不参与聚会、聚餐。下马关镇干部与乡镇卫生院工作人员到各村对返乡人员身体状况进行摸排监测，向群众宣讲新冠肺炎疫情防控措施和办法，提高群众防护意识。预旺镇组织各村开展爱国卫生运动，加大环境卫生整治力度，对人群聚集的公共场所进行清洁、消毒和通风，改善环境卫生状况，防止疾病传播……在来势汹汹的疫情面前，同心县党员干部、医疗工作者和群众紧密团结，织密织牢基层防控大网，抗击疫情，携手同行！

（原载2020年2月3日人民日报客户端　刘　峰）

抗击疫情法律服务更精准
宁夏司法行政系统派出近千人下沉社区企业

海拔2500多米,最低气温零下20℃,宁夏回族自治区隆德县奠安乡的马湾村,与甘肃省庄浪县杨河乡、通化乡交界,是进出宁夏的关键通道。从1月24日起,这里设立了卡点,成为抗击疫情的最前线。

作为一名共产党员,奠安乡司法所所长邱鹏举主动请缨,加入第一批值守人员队伍,带领6名卡点工作人员坚守半个多月,对过往车辆进行登记、消毒,对进出人员进行登记和体温测量。同时,邱鹏举还发挥自己的专业特长,把矛盾纠纷的调解现场搬到了抗疫前线。

自宁夏启动抗击疫情应急响应以来,宁夏司法行政系统派出889人下沉到社区、企业,宣传疫情期间矛盾纠纷排查与疫情防控政策,涌现出了许多像邱鹏举这样勇于担当、冲在防控一线的共产党员。

公共法律服务24小时不打烊

疫情当前，疏解人们的紧张情绪成为抗疫的又一战场。宁夏精神疾病鉴定所作为宁夏唯一一家拥有精神类疾病鉴定资质的司法鉴定机构，派出15名鉴定人，开通宁夏宁安医院心理疏导援助热线服务，24小时在线帮助广大群众疏导调节情绪，给予心理援助。

2月4日，在接到吴忠市隔离小区群众需要心理援助的请求后，鉴定人徐卫国第一时间向组织提出前往疫情一线开展心理疏导工作，通过沟通，隔离小区30余名群众的情绪逐渐平复，随后他又建立心理危机干预微信群，方便大家随时向他咨询。

疫情发生后，宁夏司法厅第一时间下发《关于做好新型冠状病毒感染肺炎疫情防控期间公共法律服务工作的通知》，要求各基层司法局及时调整服务模式，加强疫情法律咨询工作，发挥公共法律服务热线和网络平台优势，严格落实公共法律服务场所疫情防控措施等要求，确保公共法律服务工作有序开展。

在贺兰县司法局公共法律服务中心，"远程视频"在线调解使防疫与人民调解工作两不误。司法局选派经验丰富的资深律师和调解员在线值班，群众可以通过视频连线司法局公共法律服务中心和人民调解中心，远程进行法律咨询和视频调解。截至目前，已在线调解重大矛盾纠纷两件，解答群众调解咨询12人次。

疫情当前，同心县司法局2019年年底开通的自治区首家"互联网无人律所"作用凸显。有法律需求的群众在无人律所只需刷一刷身份证，选择咨询领域，系统便可在1分钟内从全国上万名合作律师中匹配出合适的律师，通过视频、文字等方式，提供定制化、私密性法律服务。同时，为保证群众健康安全，工作人员还定时对无人律所进行消毒。

律师团队精准服务复工复产

一面为防控疫情释案说法，一面为企业复工复产提供精准服务。2月10日，宁夏律师行业成立应对疫情律师公益法律服务团，为打赢疫情防控阻击战提供专业、精准、公益法律服务。截至目前，宁夏成立各级应对疫情律师公益法律服务团9个，其中行业党委、协会成立6个，律师事务所成立3个，服务团成员由各级律师行业党委成员、各律所主任或党支部书记和志愿律师组成。

应对疫情律师公益法律服务团为各级党委政府防控疫情和依法处置相关事件提供法律服务：组织律师参与编辑疫情防控法治宣传资料，积极开展疫情防控法治宣传，提高社会公众参与疫情防控的法律意识；开展有关疫情防控工作法律咨询，提供法律意见和建议；发挥政府法律顾问作用，分析研判疫情防控中可能出现的涉法涉诉问题，积极为党委和政府依法科学防控疫情提供法律建议、当好法律参谋助手；积极为企业受疫情影响产生的相关法律问题提供专业服务。

在帮助企业复工复产中，宁聚易诚律师事务所带领党员律师为在疫情期间出现问题的10余家企业主动提供法律服务；众和众律师事务所作出"为困难群众、停业的个体工商户、中小企业减免法律服务费用"等4项公开承诺，开展法律服务；浩晟律师事务所通过微讲座，与400余名企业家分享"疫情下劳动用工纠纷应对与防范"微课程。

银川市金凤区近日与宁夏新中元律师事务所签署专项法律服务合同，采取政府购买服务的方式聘请法律顾问团队，为因受疫情影响停产、停工无法按期履行合同的企业，提供法律咨询、劳动仲裁等服务。在法律顾问团队的帮助下，金凤区现有的38家规模以上工业企业中，25家企业已复工。剔除因季节性因素处于停工状态的7家商混企业，目前金凤区工业企业复工率达到80.6%。

（原载2020年2月20日《法制日报》2版　申　东）

抢运救援物资　加入检疫执勤

宁夏 200 余支以退役军人为主体的民兵突击队奋战在抗疫一线

若有战，召必回。在这场疫情防控阻击战中，以退役军人为主体的民兵本色不改、挺直腰杆，奋战在一线、奉献在一线。

抢运救援物资，加入检疫执勤。在宁夏，200多支以退役军人为主体的民兵突击队成为抗疫战场上的先锋。

新冠肺炎疫情发生后，宁夏银川市的退役军人民兵芦红兵、纳宏强、杨辉等人忙了起来，到辖区人武部请领任务，做防控志愿者，深入隔离区执行消毒和配送任务。纳宏强发挥电工特长，为防控点用电、照明布线；杨辉更是带头进入隔离区完成任务……

在这次疫情防控阻击战中，宁夏数千名退役军人民兵成为骨干，忘我奋战在一线、奉献在一线。很多防控一线人员感慨："退役军人民兵出动早、行动快、干得好，不愧是部队培养出来的。"

民兵突击队请战
参与疫情防控的民兵里，一半是退役军人

几乎是一声令下，退役军人民兵闻令而动。1月25日，宁夏部署把民兵力量纳入政府疫情防控体系；宁夏军区向各军分区下发的紧急通知明确要求，充分运用退役军人帮扶成果；自治区退役军人事务厅也随即发出倡议。宁夏有关部门通过宁夏军区退役军人军事信息管理系统沙场点兵，老兵们迅速集结。

2月初，防控一线人手紧张。石嘴山军分区通知大武口区人武部紧急征集30人执行物资装卸运送任务。接到命令的30名民兵现场集结了80余人，其中退役军人约60人。他们编成6支临时突击队，历时4昼夜，顺利完成了23车共500余吨应急物资的装卸运送任务。

民兵连长王欢服役时曾赴刚果（金）执行维和任务，目睹过埃博拉、疟疾、登革热等传染病的肆虐。他将自己预留的15万元工程启动金全拿了出来，托国内外朋友采购了各类医用口罩4000余个，消毒液4吨，还有护目镜、防护服等用品，先后为执勤、防疫人员发放了数万件防疫用品和生活用品。

在灵武市，"95后"退役军人陈燕喜主动请战："我在部队受过防护专业训练，把任务艰巨区域交给我。"在他的带动下，罗宝珍、徐彦龙、李红强等退役军人主动加入疫情防控中，负责80栋楼，尤其是疑似病患区域的防控工作。

在盐池县，民兵综合救援连连长官聪通过短信、微信等方式累

计召集160余人,负责10个疫情防控点的工作。

据统计,在宁夏抗击疫情的主战场上,活跃着200余支以退役军人为主体的民兵突击队。2月5日以来,全区参与疫情防控的民兵里,有一半是退役军人。

从防控到复工复产
老兵带动,164名民兵申请火线入党

由24名退役军人组成的防控突击队,在石嘴山市大武口区星海镇坚守了1个多月。由于人数不断增加,他们在人武部组织下,成立了临时党支部。现在,这支突击队又转战复工复产一线……

银川康群医院是退役军人合办的一家民营医院,得知当地负责检疫工作的医疗人员不足时,该院9名退役军人党员联名请战,组建临时志愿医疗服务队,担负起贺兰县习岗镇3个卫生服务站及滨河新区医疗执勤点的检疫任务。

"每个人都尽自己一份力,把正能量传递出去。"银川的李嘉帅也是一名退役军人,他联系买到了4000个医用口罩,向快递员、环卫工、社区工作人员等免费发放,平均每天送出300个至500个。

在银川河东国际机场通往吴忠的高速公路路口,青铜峡市8名由退役军人组成的民兵队伍在这里负责重点人群的检查登记和接送。王岩说,他们都是2019年以前退役的,疫情暴发后,一声令下立刻回来站岗。从2月5日开始,他们4人一组两班倒,一个班连续执勤24小时。王岩说:"任务不结束,我们不收队。"

截至3月10日,宁夏共出动民兵16万余人次,参加机场、车站、

高速公路路口等872个点位的相关工作，参与检查过往人员227.3万人次、车辆96.2万台次。民兵中的退役军人投身一线，极大地激励、鼓舞了普通民兵和青年，164名民兵申请火线入党，200余名青年要求加入民兵组织。

全方位关爱老兵

建立退役军人信息系统，开展帮扶优抚解困

宁夏军区2019年出台了运用军烈属、退役军人帮扶成果聚力提升备战打仗能力的20条具体措施，加强党组织对退役军人的领导管理，建立退役军人军事信息系统，全区45岁以下5万余名退役军人在部队所学专业、特长等也都一一录入。

1年前，石嘴山市政府和军分区建立了一个退役军人创业产业孵化基地。退役军人郭宁和一群战友组成了一支小分队，一边学习蘑菇种植技术，一边进行民兵编组训练。在产业帮扶、编建民兵、应急应战的模式中，小分队民兵的技能、产业、战斗力不断成长，产业不断发展。

在2020年2月一次紧急任务中，最早出动、冲在前面的15人都是退役军人创业产业孵化基地项目首批参加培训的退役军人。

若有战，召必回。退役军人在付出的同时，也得到了关爱。宁夏军区与自治区有关部门联合出台了做好军烈属、退役军人和现役军人军属脱贫帮扶优抚解困的"双20条"实施意见，推行政策普惠、维护军人荣誉、搭建就业平台、享受税收优惠等，调动各方力量为他们排忧解难。

宁夏通过军地联合，集中走访退役军人。在帮扶活动中，军地领导深入走访，见面先敬一个军礼、握一次手、喝一杯热茶、坐一次热炕头，传递关怀，解决实际问题。通过大走访大摸排，逐人核查登记退役军人身份、家庭成员、经济收入、困难需求等，搜集了近10万条信息。两年来，共确定7728个一户一策结对帮扶对象，在子女教育、看病就医、产业发展、适龄子女优先入伍等方面按政策给予帮扶。

对老兵的关爱是全方位的。2月底，宁夏又出台政策，来自全国的退役军人将同医护工作者、公安民警一道，享受免除89个A级景区首道门票的政策。

（原载2020年3月27日《人民日报》14版　李增辉　王汉超）

战"疫"一线最温暖的色彩

没有一个冬天不会过去,没有一个春天不会来临。疫情发生以来,在疫情防控第一线,每天都有感人的故事发生。志愿红、路政蓝、天使白,各"色"群体,奔赴"疫"线,一颗心,一起拼,宁夏人民众志成城,坚决打赢疫情防控阻击战,从抗疫一线涌现出一个个正能量的故事,给予人们温暖前行的力量。他们的身影,成为抗疫一线最亮的色彩。

志愿红:戴上"红袖标"发挥光与热

"您好,这是《致广大居民朋友们的一封信》,请您加强个人防护……"在宁夏石嘴山惠农区南街街道办事处矿务局社区,已过花甲之年的王晓东向进出的居民发放《致广大居民朋友们的一封信》。听到招募志愿者的消息后，67岁的王晓东第一时间到社区报名参加志愿服务，社区工作人员担心他身体吃不消，要强的老王急眼了："我的身体硬朗着呢，我是有30多年党龄的老党员了，只要组织需要，我随叫随到。"

按照宁夏石嘴山市惠农区委、区政府的安排部署，惠农区新时代文明实践中心积极号召广大志愿者投身到疫情防控工作中，成立"红袖标"志愿服务队，1200余个"红袖标"活跃在疫情防控一线，积极开展网格化入户防疫宣传、排查登记等工作，充分发挥志愿者联防联控、群防群治的重要作用。

马睿龙是一名在校士官大学生，寒假期间主动加入"红袖标"志愿服务队，与社区工作人员一起张贴宣传资料，悬挂横幅，进行社区消毒等工作。周凌一是在校医学生，疫情期间，协助社区开展出入人员体温测量、周边环境消毒等工作。

在宁夏石嘴山市惠农区，越来越多的群众主动投身到疫情防控志愿工作中。这些鲜亮的"志愿红"在抗疫一线发挥着光与热。

路政蓝："老战士"又上"新战场"

"您好，您从哪来？""请您登记一下信息。"在中卫市宣和高速公路出口防疫检查站，宁夏交通运输综合执法监督局中卫分局沙坡头区执法大队的路政员王德周每天坚守在高速公路路口，对来往车辆进行检查、引导提醒、登记信息。在高速路口执勤，条件非常艰苦，每天工作16个小时左右，尤其是夜岗，在零下12摄氏度的室外，每站15分钟，两腿就发抖，每次换岗后，整个人都快冻僵了。但为了防控不缺位，他始终咬牙坚持。

据王德周回忆：1月25日到岗后，当时检查站还没有铺电路，天黑后，他们就拿着手机当照明灯，给过往车辆和人员做检查。30日连接好电路后，王德周感觉心里都亮了。

老王已经13天没有回家了，年轻的队员总会说："王叔，您休息休息吧，我们来就行。"可是，王德周却说："马上退休了，到疫情一线，站好最后一班岗。面对疫情，全国人民都在争分夺秒与时间赛跑，作为一名路政员，作为一名共产党员，我没有退缩的理由和借口，这个时候我不上，谁上？"

从年轻到现在，制服的颜色在变，初心和使命没变。在这场疫情防控阻击战中，有太多像王德周一样的路政人，他们一次次冲锋在前，坚守一线，让爱在抗疫之路上延伸。

天使白：直面疫情迎接新的挑战

"身为医务人员，这个时候就要拿出'白衣天使'的担当。"吴迎新是石嘴山市中心医院门诊功能科党支部书记、门诊部主任。曾经经历过2003年抗击"非典"的他，深刻理解"疫情面前时间就是生命"的重要意义。

由于他长期负责发热门诊和肠道门诊，积累了丰富的传染病防控知识和防控经验。从1月21日接到医院紧急通知发热门诊24小时值班，他立刻取消了自己的休假安排，投入到紧张的工作中。

1月31日农历正月初七，是吴迎新50岁的生日，忙碌了一天的他拖着疲惫的身体晚上8时多才回到家，还没来得及吃晚饭，门诊又有疑似病人需要紧急会诊，没有片刻的犹豫，他立刻返回医院。会诊结束后已是次日凌晨2时多。

吴迎新说，自从当医生的那天起，他就领悟了"健康所系，性命相托"的要义；从面对党旗宣誓的那一刻起，就坚定了为党和人民牺牲一切的信念。虽然面对疫情也有担心，但穿上了这身白大褂，就想尽最大努力挽救病患。

在这场全民抗疫的战斗中，"天使白"逆行与坚守。每个时代都有不同的英雄，迎难而上的"天使白"就是伟大的英雄。

（原载2020年2月7日人民网　宽　容）

冲锋在抗疫一线的残疾人

在新冠肺炎疫情期间录制防疫知识,通过喇叭在村镇大街小巷广泛宣传;购买近3000元食品,送到邻近疫情防控站日夜值守的工作人员手中。这对于双腿残疾44年的倪岩来说,并非易事。

"疫情发生后,在家着急,天天琢磨着自己能做点什么。"倪岩说,春节期间看到路边疫情防控站的工作人员24小时值班,经常不能按时吃饭,真希望能顶替他们。

倪岩家住宁夏中卫市海原县海兴开发区,3岁时因患小儿麻痹致双腿残疾。这些年,他从事装潢、电商等工作,积累了人生的第一桶金,创建了种植养殖合作社,带动当地3000多户农民脱贫致富,并在当地政府支持下,于2018年创办海原县残疾人文化就业创业培训基地。

疫情防控期间，由于农村信息闭塞，村民防护意识不强。为此，倪岩购买了扩音设备，安装在社会爱心组织捐赠给基地的电瓶车上，并连夜把搜集到的疫情防控知识录制成音频，每天开着电瓶车在街道和村镇巡回播放。如今，他已将防疫知识带到了17个社区、18个行政村。

倪岩心中也牵挂着其他残疾人。他找到爱心企业，帮助开商店的残疾人清理存货，还联系公益组织购买米面油，慰问70户独居的重度残疾人。此外，他每日在微信群里转发最新官方疫情通报，让大家安心待在家里做手工、排练节目。

"本来在家待着心慌，但是他每天和我们互动，给我们找事做，还一直帮着联系出售商店存货。"50岁的基地职工戴军霞说，"倪岩的热心和乐观让我觉得疫情一定会过去。我现在每天做手工，学习电商运营知识，挺充实的。"

宁夏残联的王益民说，从宁夏招募抗疫志愿者开始，许多残疾人将身体状况抛之脑后，争相报名，他们心怀国家，渴望为抗击疫情尽一份力。

在银川市金凤区丰阅家园小区门口，38岁的朱凝在假肢支撑下，为过往人员测量体温，登记过往车辆信息，协助工作人员入户走访，偶尔还帮忙搬运物资，给居家隔离者当采购员。

据丰阅家园小区志愿者队伍负责人崔立新介绍，小区共有26名志愿者，朱凝是最早报名的。崔立新起初并不知道他是残疾人，直到无意间看到他露出的左脚踝。"我们劝他回去休息,可他总是拒绝。"崔立新说，"安排什么工作，他就做什么，从没听他抱怨过。"

42岁的郭庆是宁夏石嘴山市平罗县陶乐镇残疾人联合会专职委员,数年前的一场车祸让她落下严重腿疾。这些天,她协助将隔离人员家的垃圾送往医院进行消杀处理。"一投入工作,就忘了自己身体有残疾。平时都是国家、社会守护我们,这次我也想为国家作点贡献。"郭庆说。

(原载2020年2月18日新华网　谢建雯　马思嘉)

隆德社火表演队变身防疫宣传队

"神州大地贺新年,冠状病毒来捣乱。全国人民莫惊慌,相信祖国相信党。亲戚不走门不串,春暖花开瘟疫散……"新和村的张金虎带着小喇叭,走在空旷的村道上,边走边喊。

张金虎是宁夏固原市隆德县陈靳乡新和村社火表演队的一员,元宵节他原本要和村里很多人一起"闹春",这次却只有他一个人"表演"。

受新冠肺炎疫情影响,他们村已经停止了社火排练。但张金虎没闲着,加入了村里的防疫宣传队。

张金虎是社火队的"议程官",这是西北六盘山区农村社火表演中必不可少的角色,相当于仪仗队的指挥官,每次表演走在队伍最前面,身着风衣风帽,手挥羽扇,配合锣鼓乐点,喊出吉祥喜庆的话。

"议程官的词主要是七言四句,讲究押韵。"张金虎说,一些农民文化水平有限,把疫情防控的知识编成议程词,村民一听就懂。

新和村是国家级非物质文化遗产代表性项目高台马社火的传承基地,每年全村有100多人参与社火表演。新和村党支部书记赵小龙告诉记者,村里从农历腊月二十三就开始为服装、节目、彩车等做准备了。"往年正月初一初二邻村的社火队就来我们村耍社火了,一直要耍到正月十五。"他说。

隆德县在每年元宵节还会举办社火大赛,新和村基本上都能拿一等奖。赵小龙说,近几年新和村发展旅游产业,依托高台马社火打造民俗村,春节期间能吸引不少游客来观赏社火表演。

但2020年除夕,受疫情影响,全村都投入到了疫情防控中,热闹的村庄突然冷清了下来。

68岁的赵世荣是新和村社火队的总导演,他从20岁就开始耍社火,退居二线后负责组织统筹,在村里颇有威望。他带着几个老搭档,每天在村里巡逻,看到有人扎堆打牌、下棋就上前劝导疏散。

"我们村岔路口多,人手紧缺,年轻人都在卡点执勤,扎着帐篷24小时守着。我们都是搞文艺宣传的,现在也能发挥点作用。"赵世荣说。

没有社火表演,新和村村民这个春节过得少了点年味儿。"但是当前主要任务就是把疫情控制住。"张金虎说,现在全村人都盼着疫情能早点过去。

"等到疫情彻底结束了,我们要好好耍一回社火。"张金虎说。

(原载2020年2月8日新华网　马丽娟)

又想又怕的视频聊天

李通和高丽琴如今最纠结的,就是一家人每晚的视频聊天。

五口人,三个地方。他俩各一头,老人带着两个女儿一头。每次在手机屏幕上看见爸爸妈妈,孩子们就开始撕心裂肺地哭。孩子一哭,他俩就难过,老人也忍不住掉泪,聊天只能匆匆收场。

对于刚满周岁和两岁的孩子来说,正是需要父母陪伴的时期。然而,自农历正月初三奔赴工作岗位,其间除了二宝患病毒性流感高烧至39.4℃回去过外,夫妻俩至今再没有回过家。

李通是宁夏吴忠市公安局太阳山分局的社区民警,高丽琴是吴忠市红寺堡区新民街道办事处东方社区的干部。

新冠肺炎疫情发生后，这对同一天加入中国共产党的小夫妻，双双冲锋在前。为了更好地开展工作，也为了不给家人增加感染风险，他们吃住都在单位。

摸排辖区住户基本情况，监测重点人群活动轨迹，出入人员测温、登记，社区消毒、宣传，另有时间不定的夜班……说起来，小两口的工作相似度还挺高。

只不过，李通经常要去高速公路及国省道的卡点执勤，对过往车辆进行活禽等违禁物品排查，活动半径更大一些；高丽琴则要对居家隔离人员开展生活日用品送货上门等服务，工作范围更广一些。

"一忙起来啥都想不起来了，只要有点空闲，满脑子都是孩子，她们毕竟还太小。"高丽琴红了眼圈。

照片里，高丽琴的两个女儿漂亮可爱，一个叫花骨朵，一个叫玥儿，寓意"花好月圆"。大宝现已牙牙学语，二宝正在蹒跚学步，和两个宝贝在一起的时光，高丽琴觉得整个世界都温情脉脉。

不过，她很快补充一句："现在是非常时期，不牺牲小家，哪来的大家？党员干部这时候不上，啥时候上？"

李通认为，基层工作之所以不好开展，很大一部分原因在于群众对疫情防控认识不到位，对入户摸排等事项配合不积极。他就遇到过不戴口罩满不在乎四处闲逛的、对工作人员上门调查不胜其烦的……

李通和高丽琴目前最大的希望，就是疫情早日结束，家国平安。到那时，家人团聚，真的花好月圆。

正说着,老人发来一段视频,原来是大宝又学到了一项新技能。屏幕上,她奶声奶气地大声喊着:"爸爸加油!妈妈加油!"

(原载2020年2月10日科技日报微信公众号　王迎霞)

银川经济技术开发区不遗余力投身没有硝烟的战争

这是一个不寻常的冬天,这是一个不寻常的春节。2020年的新年以这样的方式开场,所有人都关注着新冠肺炎疫情的动向。"为了贯彻落实中央抗击疫情的指示精神,按照自治区党委和政府以及银川市委、市政府的周密部署,我们要以最昂扬的斗志、最高效的行动、最严实的作风及措施,不遗余力地投身到这场没有硝烟的战争中。"银川市副市长、银川经济技术开发区管委会主任高言杰说。

银川经济技术开发区第一时间制订疫情防控应急方案,以"一封信"的形式向园区企业和职工宣传疫情防护措施与防控要求。银川经济技术开发区新冠肺炎疫情防控工作领导小组下设综合协调组、机关及直属公司组、企业一组、企业二组、企业三组等5个工作小组,从1月26日开始按照安排部署，有计划地对企业、工地等人员密集及外来人员较多的区域做严密的防控安排和摸排工作，为抗击疫情筑起坚实的防线。

疫情就是命令，责任重于泰山。1月29日，银川经济技术开发区管委会副主任何梅带领规土局和园区负责人对园区企业进行防控检查，重点检查园区为赶制订单已恢复生产的部分企业防疫情况和防控措施落实到位情况，并要求公司加强防控和筛查。同时，银川经济技术开发区直属公司高新总公司针对人员密集型企业及施工现场实行实名制登记并测温，要求企业只开一个大门并开展登记检查工作，加强公寓的管理，坚决不允许在宿舍聚众喝酒打牌。和企业建立共管信息平台，及时做好监控上报工作。

应对疫情，银川经济技术开发区将思想和行动统一到防疫一线，以最严作风、最实举措、最大力度，坚决扛起政治责任，全面落实防控措施，把人民群众生命安全和身体健康放在第一位，打赢打好新冠肺炎疫情防控阻击战。

是谁冲在前、做在先？连日来，面对新冠肺炎疫情的侵袭，银川经济技术开发区各级党组织和广大党员干部积极行动起来，始终站在新冠肺炎疫情防控的最前沿。

自春节假期第一天开始，辖区公安民警便不分昼夜组织开展防疫工作。在银川经济技术开发区新冠肺炎疫情防控工作领导小组的领导下，部分企业和居民社区率先成立党员先锋岗，积极排查住户，逐一摸排春节期间仍开工企业职工、近期复工企业职工、同安小区等辖区社区居民情况；严格管理，认真排查来往行人、车辆及乘车人员相关信息并测量体温；全面进行消毒，组织专人每天两次定点对小区全方位喷洒消毒液，并随时对每一辆进入小区及工厂的车辆进行消毒处理。各支部党员细心、用心开展防疫工作，让辖区企业及住户安心、放心。

银川经济技术开发区疫情防控需要人员协助开展排查工作时，一些企业积极响应，派出党员干部参加志愿活动。宁夏兴电工程监理有限公司尹晓兵、刘晓东，银川特轴党支部董继刚，宁夏清洁发展机制环保服务中心柳海涛等企业党员，在社区防疫人员紧缺的情况下，主动到社区报到，开展社区常住人口核对、人员外出及返宁人员登记等工作。银川伊百盛生物工程有限公司党支部得知银川市的党员志愿服务招募信息后，在公司发出招募志愿者的通知，在党员的带动下，员工积极响应、踊跃报名，有的员工甚至要求从县区赶回来支援。

疫情发生以来，银川经济技术开发区各级党组织和广大党员干部站在疫情防控最前沿，不断凝聚防疫向心力，第一时间担负起组织群众、宣传群众、服务群众的重要职责，让党旗在疫情防控一线高高飘扬。

万众一心，共抗疫情。在抗击新冠肺炎疫情的危急时刻，银川经济技术开发区各企业纷纷捐款捐物，支援疫情防控工作。

1月24日农历除夕之夜，由西京医院、唐都医院95名医护人员组成的首批陕西医护人员出征武汉。作为光伏产业的领军企业，银川经济技术开发区企业隆基集团总公司通过中国红十字会隆基百分之一基金，向陕西省奔赴武汉抗击疫情的医护人员提供每人每天1000

元专项补助。

在中粮集团带领下，银川经济技术开发区企业蒙牛集团总公司全力保障武汉乳制品供应，并在1月25日决定向武汉捐赠2000万元款物，其中包含1200万元现金及价值800万元的牛奶，支持抗击疫情工作。1月31日，银川经济技术开发区企业蒙牛集团总公司在已经捐赠8000万元款物基础上，宣布追加捐赠价值6.6亿元的产品。

银川经济技术开发区企业宁夏青龙管业股份有限公司心系抗疫、情系武汉，于1月29日向湖北省慈善总会捐款500万元，助力抗击疫情。

1月30日，宁夏宝丰能源集团股份有限公司联合燕宝慈善基金会向宁夏红十字会捐款2000万元，助力疫情防控，为一线提供坚强支持。

1月31日，银川经济技术开发区企业康亚药业为宁夏红十字会捐赠10万元支持疫情防控工作，再次彰显园区企业的社会责任担当；2月1日，银川经济技术开发区大健康产业知名品牌宁夏沃福百瑞枸杞产业股份有限公司通过银川市红十字会捐款100万元……

万众一心，没有翻不过的山；心手相牵，没有跨不过的坎。在这场没有硝烟的战役中，银川经济技术开发区上下一心、同舟共济，必将形成共克时艰的强大力量，为打赢这场疫情防控阻击战贡献一份力量！

（原载2020年2月8日中国经济网　许　凌　拓兆兵　杨苞苞）

来自大山深处的轰鸣

距离宁夏各企业复工时间还有3天,而在六盘山深处,中药材企业机器的轰鸣声早在农历正月初一就响起了。

中药材产业是这片土地摆脱贫瘠的生力军,截至2019年年底,产业总产值近16亿元,为约10万劳动力提供了就业岗位。

2月6日,宁夏科技厅发出《致全区科技扶贫工作者的一封信》,提醒大家在切实做好自身安全防护的同时,科学开展脱贫攻坚各项工作。

"在国家和人民最需要的时期,我们积极响应自治区各级党委、政府的号召,开足马力生产加工药茶,为疫情防控和决战决胜脱贫攻坚作出应有贡献。"宁夏明德中药饮片有限公司董事长姜文德说。

11家提前复工,中药材企业有担当

2月5日,坐标固原市,宁夏明德中药饮片有限公司。

生产厂房内一派热火朝天的景象,润药、炒药、包装等环节井然有序;厂房门口,一辆乳白色货车整装待发,车身上红底白色的"捐赠抗疫药品"字样格外醒目。

仅这一天,姜文德就为自治区中医医院暨中医研究院捐赠生黄芪、金银花、炒苦杏仁等10种新冠肺炎预防处方中药饮片共计1140公斤,总价值达104892元。

在宁南山区,为助力打赢疫情防控阻击战的中药材企业不止一家。

疫情发生后,宁夏科技厅会同自治区中药材产业协会面向全区中药材种植生产经营企业发出倡议书,引导企业充分发挥中医药防病治病的独特优势和作用,主动为一线救治医疗机构提供零利润优质中药材原料,并力所能及地捐赠有效中药饮片。

宁夏西北药材科技有限公司,1月25日至2月4日共加工原料4016公斤,生产各种防控新冠肺炎药茶21300份,全部发放到疫情防控地区和单位;向宁夏各级医院配送疫情防控所需中药饮片5221公斤、饮片9.2吨。

彭阳利康药业有限公司从1月29日开始加班,已生产加工2000包"黄芪金银花组合茶",计划将5000包捐赠给疫情防控一线,另加工各种新冠肺炎预防药茶21300份……

据统计,宁夏共有中药材生产加工能力的企业21家,目前11家开始生产,还有10家进入准备阶段。现全区企业库存中药材原料7种

3973.04吨、中药饮片24种65.5吨，根据疫情防控形势需要可及时补充。

"五县一片"深度贫困区的致富经

疫情就是命令，防控就是责任！

他们有这份热情，更有这个能力。

早在2000年，宁夏就被认定为国家中药现代化科技产业中药材基地，集中了全区80%以上贫困人口的"五县一片"深度贫困地区，现有退耕还林和生态移民迁出区土地400多万亩，是发展中药材产业的优质地带。

经过20年的发展，宁夏已基本形成北部引黄灌区、中部干旱风沙区、南部六盘山区3个特色道地中药材产业带，甘草、黄芪、银柴胡等8个规范化种植示范基地。目前，全区中药材除枸杞、山桃、山杏外面积达74.2万亩，总产量8.1万吨，产值11.6亿元；加工流通企业年加工能力1万吨，产值4亿元。

来自固原市原州区的马兰，爱人远在贵州打工，自从宁夏明德中药饮片有限公司建立后，她就在包装车间上班。她告诉我们，公司建在家门口，她和许多姐妹既能挣钱得收入，又不耽误照顾家，一举两得。

"最近疫情暴发，你上班不害怕吗？"

"怕啥？做好防护一点都不怕，劳动力总不能都闲在家啊。再说，我们公司本身就是生产中药药包的，清热降火，提高免疫力，效果挺好。我相信科学，也想为社会出一份力量。"她笑了起来。

自开工以来，马兰和同伴们已经生产中药饮片24617公斤，为一线防疫人员免费发放代饮茶30000包。

减少感染风险，科学手段开展扶贫

"疫情防控，人人有责。这就是中药材企业的大局意识和责任担当！我们主管部门将全力支持、配合引导，有效做好疫情防控工作。"宁夏科技厅农村科技处处长徐小涛说。

然而在脱贫攻坚收官之年，脱贫任务亦不容懈怠。

宁夏农村科技发展中心主任杨勇军说，当前，新冠肺炎疫情形势严峻，而广大科技扶贫工作者又要积极谋划全年的科技扶贫工作，任务更加艰巨。他建议科技扶贫指导员、科技特派员、三区人才等科技扶贫工作者以科学的方式开展工作，最大限度降低感染风险。

"比如充分利用现代化信息手段，进一步完善工作计划、扶贫方案及推进举措。"杨勇军称。

他建议大家主动与县（区）科技局对接，探索通过网络科技培训、远程技术指导等形式推动扶贫工作，积极做好科技项目实施准备工作，确保春播生产农资到位、技术规程落实到位，为全年农民增产增收奠定基础。

宁夏大学农学院最年轻的博士生导师、科技扶贫指导员张桂杰已经在着手通过微信、视频等方式开展工作。他打算与对接的扶贫村固原市原州区炭山乡石湾村建立疫情防控科普及2020年度科技扶贫具体措施定时沟通机制，为本年度科技脱贫工作打牢基础。

"我相信,疫情结束后,我们这个团队能迅速投入到扶贫一线,为科技扶贫'大考'交上满意答卷。"这位36岁的年轻人信心满满。

(原载2020年2月6日中国科技网　王迎霞　席　娜　马媛媛)

在宁夏,煤是怎么变成口罩的?

宁夏是个地域小省份,却是个煤炭大省份。

在全国,宁夏面积排在倒数,煤炭探明储量却在前六,1/4的土地下面有煤。

因地理位置在西部的东部,过去,当中东部出现能源和燃料紧张时,宁夏煤炭常常火速集结、紧急驰援。

在这次新冠肺炎疫情中,宁夏煤炭却以另外一种形式——口罩原料加入抗疫大军。

只是,从黑色的煤块化身各式各样、五颜六色的"生命之盾",经历了化学再塑的复杂历程。

在这个意义上,宁夏的煤化工龙头企业被纳入"全国疫情防控重点保障企业"也不难理解。

位于宁夏黄河东岸的宁东能源化工基地，是当前中国乃至世界煤化工产业的领跑者。在这里，埋藏地下数亿年的"植物骨骼"可以自由切换形态，"黑变白""煤变油"，完全不在话下。

疫情发生后，医用口罩成为疫情防控最紧缺的医疗物资。用煤炭生产口罩的原料聚丙烯——一种半结晶的热塑性塑料，是宁东能源化工基地很多企业的"拿手菜"。聚丙烯再经过熔化、塑形，就成为制造医用无纺布的原料——高熔指聚丙烯纤维。

2月9日，宁夏上市公司宝丰能源紧急研究，将一套聚丙烯装置部分产能转产，生产高熔指纤维聚丙烯S2040。

短短5天后，以煤炭为原料的首批高熔指纤维聚丙烯S2040下线，经检测，熔融指数等指标均达到相关要求。其单日产量达1000吨，1吨高熔指纤维聚丙烯所生产的无纺布可制成一次性医用外科口罩90万到100万只或N95口罩20万到25万只。

2月21日，由宁夏生产的首批1080吨高熔指纤维聚丙烯S2040从铁路装车，发往广西、浙江、四川等省区的无纺布生产企业。这些企业将把高熔指纤维聚丙烯加工成无纺布，尤其是熔喷布，在口罩中起到关键的过滤作用，再通过驻极处理，成为下游口罩生产企业制造口罩的原材料。

疫情发生后，为解决宁夏没有口罩终端产品生产企业的问题，自治区工业和信息化厅等部门想方设法，协调广煜医药、泉水药业等企业建设口罩生产线。2月18日相关设备到货后，有关厅局立即进驻广煜医药现场办公，协调解决运输、融资、原料供应、疫情防控等难点问题,通过连夜调试,这条口罩生产线迅速建成投产。据报道,通过进一步调试,广煜医药可实现日产口罩20万只。

目前,由于口罩产业链上熔喷布这一关键环节的缺失,宁夏的煤炭变成口罩,还需要跨省区的长途旅行。

不过,2月22日,位于宁东能源化工基地的一家煤化工领军企业已腾出一间厂房,开工建设两条平面耳带式医用口罩生产线、1条折叠式口罩(如N95)生产线及1条医用防护服生产线。建成投产后,将实现口罩从原料到产品的全流程生产,日产医用口罩32万只、N95口罩5万只、医用防护服1000套。预计3月18日首批口罩产品下线。

从燃料到原料,宁夏煤炭在不同紧急状态下的表现,也是宁夏产业结构调整和高质量发展的一面镜子。

(原载2020年3月5日光明日报公众号　王建宏)

完善社会治理"免疫系统"

疫情突然袭来,社会肌体能够快速响应、充分动员、有效设防,绝不是因为"应激反应",更多靠的是指挥调度、统筹协调。

"善治病者,必医其受病之处;善救弊者,必塞其起弊之原。"战疫情、抓防控,全国各地集中力量,严防疫情蔓延。宁夏贯彻落实党中央决策部署,结合本地实际,开出了一组增强社会肌体免疫力的"特色药方"。

首先是"望、闻、问、切",全面排查疑似病例和发热病人。宁夏在部署疫情防控行动时,不仅突出强调收治发病者、排查疑似者,还顺势而为,把防控落实为一轮基层"大体检"。春节假期,宁夏就组建了2300多个排查组,由公安民警和政法干部牵头,派出4万多名各级干部，先后两次实施地毯式排查、全覆盖摸底，要求走访调查县不漏乡、乡不漏村、村不漏户、户不漏人。

接着"打通脉络"，把各项部署落实落细。疫情不等人，防控疫情需要有踏石留印、抓铁有痕的干劲和担当。宁夏不仅在最短时间建立快速反应指挥架构，全区195个查验站也成立了临时党支部。自治区领导靠前指挥，通过暗访、调研、督导，点问题、提要求、理思路、教方法，确保各项措施落地见效。广大党员第一时间行动起来，到所在辖区党支部报到，充实到基层防控一线，担当人民群众抗击疫情的主心骨。

然后是做好服务，尽最大努力防扩散、减影响。自治区应对新冠肺炎疫情工作指挥部下设防控医疗保障、社会交通保障、市场及重大服务保障、防控物资生产及市场供应保障等7个大组，为疫情防控的一场场战斗提供有力支撑。在基层一线，居家隔离同样是保障先行，社区及时提供健康监测、心理疏导、市场购物、餐饮配送"四项服务"。如在银川市金凤区，一个出现确诊病例的小区被封闭隔离，社区党支部书记成为随叫随到送生活用品的"服务员"。

急症救急，当然济之猛药；待症状缓解，则需固本培元。病毒，挑战人的免疫机能；疫情，考验社会治理"免疫系统"。疫情突然袭来，社会肌体能够快速响应、充分动员、有效设防，绝不是因为"应激反应"，更多靠的是指挥调度、统筹协调。由此而言，必须从体制机制上创新和完善重大疫情防控举措，锤炼公共卫生应急管理体系，提高应对突发重大公共卫生事件的能力水平。此外，作风不实、运行不畅、保障不力、信息不通、情况不明等问题，都需要竭力避免、坚决克服。

在这场疫情防控阻击战中，不少专业力量让人眼前一亮。宁夏在布局疫情防控时，法律专业人员全程参与，特别是参与拟定疫情工作指挥部的每项决定、每个公告，确保依法防疫。对于群众因疫情防控遭遇到的各种法律问题，宁夏邀请律师顾问团协助解答。"疫情防控越是到最吃劲的时候，越要坚持依法防控。"疫情虽急，在法治轨道上统筹推进各项防控工作，对保障疫情防控工作顺利开展至关重要。

病毒可能侵袭一个人的身体，也会激发一个人的免疫力。在社会治理中，以一种积极的状态激发有责必担的潜能，通过查漏补缺完善治理体系和能力，一定能激发社会"免疫力"，坚决打赢疫情防控的人民战争、总体战、阻击战。

（原载2020年2月28日人民网　王汉超）

第二部分 ｜ 群英征战

强力推进援鄂抗疫

近日,由宁夏回族自治区党委常委、宣传部部长李金科带队组成的一线工作组驱车400多公里,先后到湖北省宜城市、南漳县、保康县、老河口市受援医院或驻地看望宁夏援鄂医疗队队员,转达自治区党委和政府的关心关怀,通过进一步完善宁夏支援湖北疫情防控前方指挥部统筹协调机制,强力推进援助武汉、襄阳两市新冠肺炎医疗救治工作。

作为疫情应对"一省包一市"的省份,宁夏和辽宁共同援助襄阳市。连日来,在宁夏回族自治区党委和政府的统一部署下,成立了宁夏支援湖北疫情防控前方指挥部,6批白衣战士"逆行"奔赴湖北武汉和襄阳,550吨蔬菜大米驰援湖北,部分企业主动转产防疫物资，干部群众自发解囊，同湖北人民风雨同舟。

1月27日，自治区党委和政府发出选派精锐医护人员驰援湖北的号召。一个小时内，全区医护人员报名2000余人。1月28日，137名医护人员启程出征，驰援湖北；2月4日，38名国家紧急医学救援队队员和100名专业护理医疗队成员星夜赶往武汉；2月13日，第三批79名医护人员迅速集结出发；2月15日，第四批103名医疗队队员奔赴战"疫"最前线；2月19日，第五批150名医护人员携带6台呼吸机等医疗设备和防护物资，又踏上征程；仅仅两天后，2月21日，第六批172名医疗队队员再下荆楚……

支援工作开展以来，宁夏建立了前方组织机构和工作协调机制，研究制定医疗救治各项制度和工作指南。一线工作组和前方指挥部专题研究制定《宁夏支援湖北新冠肺炎医疗救治工作指南》，明确了包括前方指挥部工作制度、医疗队工作制度、临时党组织职责、职业暴露或发热应急处理措施、医疗队工作职责在内的15个制度，为确保守住医护人员不发生感染底线提供保障。特别是将医护人员每日两次检测体温、健康体检、合理安排班次、同班组人员个人防护等实行相互监督提醒和相互帮助，以及健康状况和院内感染情况实行"日报告"和"零报告"等纳入制度，作为硬性要求。同时，切实发挥党组织战斗堡垒作用。一线工作组特别与各受援医院医疗队临时党支部书记或党小组组长（队长）进行谈话，了解队员的思想状况和工作情况，要求充分发挥好党组织在疫情防控一线的作用，抓好管理，加强个人防护，确保不发生院内感染，圆满完成任务。

据悉，宁夏目前在前方的援助力量已占宁夏各级医疗机构所有呼吸感染重症急诊等相关专业卫生人力资源的50%。截至2月26日,宁夏支援襄阳医疗队累计接诊2286人次,累计管理住院患者1747例,累计会诊625例,累计心理疏导873人次,累计出院(转出)788例。

(原载2020年3月2日《经济日报》4版　许　凌　拓兆兵)

零距离探访离病毒最近的地方：
这里的人很特别

新冠肺炎疫情发生以来，疾控一线是距离病毒最近的地方。确诊之前，检测疑似病例标本是关键一步。中新社记者2月3日探访宁夏银川市疾控中心，与工作人员一同投入战"疫"，了解他们如何24小时不间断进行病例标本检测，早确诊、早隔离、早治疗，最大限度减少疫情带来的危害。

这里的人特别"危险"

截至2月2日24时，宁夏累计报告确诊病例31例。这些病例是如何确诊的？记者在银川市疾控中心了解到，这里专门成立了新冠肺炎疫情防控检验检测组，对疑似病例标本进行检测。实验室两扇紧闭的大门背后，持续进行着无声的战斗。

病毒采样管、专用样本运送桶、特制金属安全箱，层层包裹之后，各县区样本不分昼夜地被运送至此。这支由10人组成的检测队伍，每天都在与时间赛跑，24小时不断地利用荧光定量PCR等多种技术手段进行病毒核酸检测，确定"元凶"。

"19日晚上接到首例检测任务，立马穿好防护服进入实验室开始标本检测。"检验检测组副组长张伟宏回忆道，"当确诊为阳性时，已经深夜了。现在想想是有些后怕的，但当时却也不觉得危险。"

从第一例至今，检测组已累计检测320余例标本。"这些天，实验室的灯没有关过，每次操作都在5个小时，遇到疑难问题，更是长达8个小时。"张伟宏说，尽管检测任务繁重，但是对于检测结果，他们是不会轻易放过任何疑问的。"争取早一秒出检测结果，就能最大限度减少危害。"

在记者采访间隙，检测组早班的结果已经出来。张伟宏查看完所有报告后，立马穿上防护服进入实验室开始了第二轮工作。

这里的人特别"较真"

"你几点几分坐的几路公交车？"

"除了爸妈，你还见过谁？"

"你是几点几分和你侄女见面的？在一起多长时间？"

……

记者见到新冠肺炎疫情流行病学调查组副组长苗志峰时，他正在与上午刚刚检测出来呈阳性结果的疑似病例进行电话沟通，对其就诊信息、暴露信息、出行信息、接触人员等逐一问询调查。

通话持续了近半个小时，苗志峰才放下了电话。"还是有遗漏，我得再核实一下。"话音刚落，他便又拿起了手机。

这就是流行病学调查组的日常，遇到疫情线索，他们便第一时间穿梭在医院隔离区近距离面对患者，逐一问询调查情况，摸清明确感染源头、路径。

与此同时，密切接触者管理组组长李萍联系卫生健康委、铁路等部门，开始对这位患者从武汉返银所乘火车车厢内198名乘客及其他接触人员逐一进行电话核实，确定好密切接触人员后，上报信息对这些人员进行隔离医学观察。

"有一次拿到检测结果已经是凌晨3时了，给患者打电话的同时我们已经动身前往医院。对方很不理解，说我们较真。可是早一秒写好流调报告，就能早一秒遏制更多传染源。"苗志峰说。

这里的人特别"手巧"

防护服、防护面罩、N95口罩、靴套、三层手套……进入检测室和病房隔离区之前，疾控中心工作人员必须全副武装。

可是由于近期工作量持续增加，导致防护设备紧缺，防护面罩已经断货。"实在没有办法，我们只能自己动手。"综合业务科科长李霞说。

他们购买了透明文件袋、洗锅的海绵锅刷、绳子等用品，仿照标准的防护面罩自制了100多个面罩。这些面罩已经成为工作人员救急的最佳搭档。

"够用半个多月了。我们还在继续加班加点赶制,无论如何也要确保战友的安全。"李霞说。

"最大限度减少疫情的传播扩散,这就是疾控人的责任。"李霞对记者说。在新冠肺炎疫情处置过程中,银川疾控人春节假期全体在岗工作,用专业精神和时代责任构筑起坚不可摧的疫情防御大堤。

(原载2020年2月3日中新网 于 翔 李佩珊)

"疫情不退,我们24小时坚守最后一道防线"

记者在宁夏医科大学总医院新冠肺炎疫情医疗废物暂存点见到袁建兵时,他身着防护服,戴着双层口罩、护目镜,穿着胶鞋。虽然衣着臃肿,但他与3名同事动作专业规范、干净利落,5分钟左右便完成了暂存点疫情医疗废物的收集转运。

袁建兵今年46岁,他既是宁夏德坤环保科技实业集团疫情医疗废物转运的"老兵",也是疫情防控最后一道防线的"守门员"。袁建兵除了负责驾驶转运车,还要参与转运医疗废物。德坤环保于1月23日启动突发疫情医疗废物应急处置预案后,他已有27天没回过家了。

"刚开始时,我一般早上五六点出发,因穿上防护服不能吃喝、上厕所，工作结束后到下午4点半左右才能吃上饭，经常饿得胃疼，后来慢慢习惯了。疫情医疗废物包含新冠肺炎患者使用过的医疗器具等，因是直接接触者，我必须24小时住在厂区，这是对自己负责，也是对社会负责。"袁建兵说，工作5年来，他是第一次采取这么高级别的防护措施。

作为宁夏唯一一家疫情医疗废物焚烧处置企业，疫情发生后，德坤环保迅速履行国企责任，安排专车、专人负责转运工作。随着疫情医疗废物增多，为确保暂存点在12小时内完成转运处置，近日德坤环保"人停车不停"，将转运频次由一天一次增加为一天两次，并将转运车增加到3辆、转运人员增加到20人。现在，袁建兵凌晨4时就得起床，匆忙吃完早餐后便奔赴工作岗位。

当袁建兵驾驶转运车来到距离银川市区40多公里的厂区后，疫情医疗废物的处理还需经过"三道关"。

德坤环保项目运营部主任姬英华告诉记者，与普通医疗废物需要粉碎等预处理不同，疫情医疗废物必须不落地、不存留、立刻焚烧处理。进入厂区后，转运车在一级防护区域称重；在二级防护区域，转运人员完成消毒，在留观室观察半小时后，他们的转运任务便宣告完成；三级防护区域的焚烧由两名专岗人员负责，而牛俊便是其中之一。

牛俊说，因疫情医疗废物比较特殊，必须24小时待命。现在，他们每天处置的疫情医疗废物从最初的几十公斤增加到两吨左右，有时要工作到凌晨2时多，因穿着防护服作业，下班时都有些脱水了。

因新冠肺炎疫情影响，2020年春节假期不但长而且"宅"，别人宅腻了的家却是袁建兵、姬英华他们万分牵挂的地方。袁建兵最牵挂的是自己10岁的儿子，疫情结束后他最想做的便是"抱一抱儿子，和家人吃一顿'过期'的年夜饭"；而姬英华则希望能够好好休息一段时间，陪陪家人。

疫情医疗废物转运、处置的一线工作人员用自己的专业操作、辛苦付出守护着千千万万的人，为打好疫情防控阻击战贡献着自己的力量。

（原载2020年2月19日新华网　许晋豫）

宁夏石嘴山：
最美"夫妻档"携手战"疫"在一线

对于医务人员来说，2020年的春节格外难忘，新冠肺炎疫情打破了无数人的团圆梦。

面对突如其来的疫情，在石嘴山市第二人民医院，有一对夫妻携手奋战在抗击疫情的第一线。丈夫李先志是重症医学科主任，妻子吴海英是医院手术室护士长。这个春节，夫妻俩放弃休假，一起加入到抗击疫情的队伍中。

"好，脱防护服的时候，注意从里向外翻卷下来……"

2月1日，在石嘴山市第二人民医院住院部三楼，手术室护士长吴海英正在对科室人员进行穿脱隔离衣及防护服的培训。她一丝不苟，耐心细致，一再强调："大家一定要保护好自己，只有保护好自己,才能更好地为患者服务。"

疫情当前,吴海英接连几天连轴转,吃饭都是在单位匆匆解决,晚上回到家已是深夜。

乐观开朗的吴海英笑着说:"在特殊时期,迎难而上、冲锋在前、敢于担当是我们医务人员应该做的。"当提及女儿和年迈的父母时,吴海英有些哽咽:"家里只剩上高中的女儿,我们也照顾不上。正月初四是婆婆的生日,本打算一起去给老人过生日,照张全家福,也没有实现,心里很愧疚。"短暂的伤感后她迅速调整状态:"家人都理解,我们只是做了本职工作,没什么辛苦的。"

同样在三楼,在相距不到20米的地方,就是重症医学科,吴海英的爱人李先志就值守在这里。

疫情就是命令,责任重于泰山。作为石嘴山市疫情诊疗专家组成员之一,李先志每天都要到医院值守,一旦有发热患者,他必须在第一时间参与会诊。为了全身心投入工作,李先志已经好几天没有回家了,累了就在办公室休息一下。"面对突如其来的疫情,守护人民群众的健康是医护人员义不容辞的责任。"

近在咫尺,远在天涯。

"我们平时在医院很少能见面,只有开会、会诊的时候才能打个照面。"吴海英说,他们大多数时间只能通过手机互报平安,互相叮嘱对方要注意防护。

"你那里怎么样?一定要做好防护。""孩子和家里都挺好,你安心工作别担心。"为了不影响丈夫工作,吴海英只能偶尔通过微信表达对丈夫的关心。而一心忙于工作的丈夫隔很长时间才能抽空简短回复一句"我很好,你放心"。连日来,他们夫妻俩就这样隔空对话,彼此加油。

当疫情防控一线需要援助的消息传来时,夫妻俩一同递交了驰援湖北的《请战书》。"我把请战意愿告诉家里人时,爱人非常支持,立即和我一起写下了《请战书》。"李先志说,他们是夫妻,是同事,更是战友。

"死生契阔,与子成说。执子之手,与子偕老。"在疫情防控一线,这样的"战友""夫妻档"还有很多。他们放弃了自己宝贵的休息时间,放弃了回家与亲人团圆的机会;他们不惧疫魔,在风雨中并肩逆行。

(原载2020年2月3日人民网　梁宏鑫)

既是恋人 更是战友
——宁夏灵武一线医务人员的抗疫之路

如果没有这场突如其来的疫情,宁夏灵武市马家滩镇卫生院医生杨龙、罗彩兰将于农历正月初六举办婚礼。但现在,这幸福时刻不得不延后。

2019年7月,杨龙、罗彩兰因上级人事调动一起被调至马家滩镇卫生院,两人因志同道合结缘。作为基层医务工作者,平时两人工作都比较忙,为了不耽误工作,两家人商量了很久,把婚期定在春节假期。

然而面对新冠肺炎疫情的严峻形势,两人决定延期举办婚礼,与所有同事一起坚守岗位,奋战在抗疫第一线。

电话采访时,杨龙坦率地说:"作为大龄青年,两家人对我们的婚事都比较上心和着急，本来我们两家都做好了准备，但在这个特殊时期，全国上下众志成城抗击疫情，我们都是医生，参与基层疫情防控义不容辞，保护人民生命健康是我们的使命。我是一名入党积极分子，在关键时刻，更要有责任和担当，听党指挥，服从调配及安排，严阵以待，时刻服务在第一线！"

作为医院疫情防控的主力，杨龙每天负责搜集村里及各个卡口的人员车辆信息，联系调查从外地返回马家滩镇人员的具体情况，反复强调相关注意事项，并积极对重点居家隔离人员进行体温监测、消毒指导等工作；罗彩兰负责各类疫情防控信息的搜集，同时，哪个岗位人员紧缺，她的身影随时出现在哪里。看似近在咫尺，但是两人时刻忙碌着，很少能够在一起说说知心话。

没有一个冬天不可逾越，没有一个春天不会来临。他们两人在这个特殊时期暂时延缓了自己的人生大事，坚守岗位、舍小己为大家的无私奉献精神代表了基层医务工作者打赢疫情防控阻击战的决心和信心，坚信在党的领导下一定会打赢这场疫情阻击战。

（原载2020年2月6日中国经济网　许　凌　拓兆兵）

我的战"疫"伙伴们

我是宁夏灵武市人民医院门诊部的一名医生，名叫周洁茹。我在这个岗位上已经工作30年了。一场突发的新冠肺炎疫情，我和单位的伙伴们迅速投入到抗击疫情之中。

农历正月初一上午，我突然接到医院紧急指令，要求迅速组建一支以门诊部医护人员为主的疫情防控队伍，做好疫情防控各项准备工作。当时，我都"蒙"了。刚放假，许多小伙伴的家还在周边市、县，我心里直犯嘀咕。没想到，一通电话之后，50多岁的我非常感动，听到的都是"主任，我马上到！""主任，我在银川，马上赶过去，有任务就安排给我！"……很短时间内，大部分医护人员已到岗。两小时后，门诊部的第一批医护人员已到达银川河东国际机场附近的西港检疫查验站防控值班了，开始对进入宁夏境内的所有车辆进行消毒、人员测体温、健康宣传及流行病学史询问、登记。

门诊部所有同事的岗位被打乱了，分配到预检分诊、隔离病房、发热病区，机场、高速路口和小区摸排等各个岗位。有些岗位要求24小时昼夜轮班。那段时间，每天7点半，我总是提前到医院，精心准备防护用品，叮嘱大家穿好防护服。在一次性防护服紧缺的情况下，我们甚至把手术衣作为隔离服外罩，每天要求多批次送到洗衣房清洗消毒。一连几十天的连轴转，我的嗓子哑得说不出话来，尽管如此，也丝毫不退缩。白天，东奔西跑协调各项工作；晚上，还要作为专家组成员参加疫情形势分析研判会议。有时，还要顶着寒风去临时卡点和帐篷检查防控工作。

河东国际机场车流量大、人员密集，在这里值班的医护人员每天在极其简陋的环境中，忍受夜间零下十几摄氏度的气温，连续工作十多个小时，每天检测车辆多达1500余辆，平均检查人数3500人次以上。医护人员有时实在忙不过来，连饭都顾不上吃，上卫生间都是一溜小跑。即便如此，也没有人要求调岗。我们门诊部，以年轻医护人员居多，有的刚结婚不久，有的孩子才1岁多。接到指令，许多人都是将孩子往老人怀里一塞，转身就走……口腔科主治医师周晔，怀孕4个多月，主动要求上岗，被多次拒绝后，悄悄承担起了预检分诊的一些工作。门诊部中医科主任杨春海一直坚守岗位，顾不上照顾母亲。事后我才知道，2月4日凌晨他母亲去世了。他默不作声地料理完老人的后事，又返回工作岗位……一天，中医肛肠科医师丁波来到办公室，满脸疲惫。我问："你下夜班怎么没休息?"丁波笑着说:"主任,我年轻,能抗得住。"然后拿出手机给我看他媳妇发给他的1岁多女儿的视频。孩子在视频中不停地喊着爸爸。丁波说:"主任,已经半个多月没见女儿了,说真的,真想啊!"尽管是笑着跟我聊,但是眼泪已在眼眶里打转。"主任,如果有机会能驰援武汉,请先考虑我。"这一刻,我被他感动了。眼科副主任医师王佑宾,妻子也是我们医院的护士,在报名参加驰援武汉预备队时,他主动报名了。我问他:"真让你外出支援,无法照顾你年迈的母亲和年幼的儿子,舍得吗?"他说:"这是医生的职业使命,没有什么可犹豫的。"这些平实的语言,时刻鼓舞着我。

2月中旬,灵武市将我们医院定为发热病人定点收治医院。我们还要负责两个集中医学隔离区,24小时随时接收需要集中隔离观察的人员,每天测量体温及详细登记询问,给隔离人员提供生活用品。一位护士半开玩笑地说:"主任,我连做梦都是那几个程序:测体温、登记、问病史。"

一个多月过去了,没想到我的伙伴们是如此执着,也没有想到他们在大是大非面前,"舍小家顾大家"的信念是如此坚定。这些忙碌的身影中,既有我们门诊部资历较长的医护人员,也有"80后""90后",让你不由得为这些战"疫"小伙伴们感到骄傲和自豪。

今天,宁夏卫生健康委发布了新冠肺炎疫情风险最新分区分级情况,灵武市仍然为中风险地区。这更加重了我和门诊部小伙伴们肩上的重任,时刻警醒着我们决不能有丝毫的懈怠。因为我们心里都很明白：这里才是最需要我们的岗位，才是我们必须要尽心尽力尽责的"阵地"。

（原载2020年3月15日央广网　许新霞　郭长江）

宁夏"95后"医疗队队员胡莹的战"疫"故事

1月28日,宁夏首批援湖北医疗队137名队员与家人匆匆告别后,驰援湖北省襄阳市新冠肺炎医疗救治工作。如今,他们已经在襄阳市各级医疗战线奋战了20多个日夜。记者近日电话采访了在襄阳宜城市人民医院工作的宁夏医疗队队员胡莹,听她讲述战"疫"故事。

在襄阳宜城市人民医院,有12名宁夏医疗队队员。1996年出生的胡莹在队员中年龄最小、工龄最短。来宜城市之前,她是银川市第一人民医院血液透析室的一名护士。远离家乡上千公里,又面临新的工作环境,平日里性格开朗的胡莹有点儿紧张。

来到宜城市的第三天,宁夏医疗队队员就投入到救治工作中。当胡莹身穿厚重的防护服踏入隔离区的那一瞬间,此前的紧张少了很多，因为她知道在隔离区里不是她一个人在战斗。

胡莹说："真正到了这个环境之后，好像紧张和恐惧没有那么强烈了。这边的工作人员挺开朗的，都是比较好的状态。他们非常热情，消除了我们这方面的担心。你只要严格按照要求和防护措施去做，其实就和换了个地方工作一样。"

戴口罩、防护面屏、护目镜，穿防护服。为了节省物资，只要进入隔离区，胡莹和她的同事就要穿着纸尿裤连续工作7个小时，连坐下来休息的时间都没有。对胡莹来说，这样的工作量在她的承受范围内，听不懂的方言却成了她最大的困难。

胡莹说："因为我们听不懂湖北话，这边的医护人员对我们很照顾。他们跟我们讲话都是用普通话，有些老年患者不会讲普通话，就得一遍一遍去问，不断沟通。"

不过让宁夏医疗队队员欣慰的是，一些年轻患者主动承担了方言翻译工作，当起了病房里的志愿者。

胡莹说："小敏是宜城本地人。她总是跟我们讲普通话，而且还会主动充当我们跟其他患者之间的翻译。我们每次进去都会与她聊聊闲话逗逗乐。患者每天面对最多的是医护人员，大家互相信任，也很亲密。"

宁夏医疗队队员受到了当地群众的热烈欢迎，当地政府也为队员们提供了生活保障。每天下班，胡莹和他的同事们回到住处都能吃到热腾腾的盒饭。最近，宁夏的爱心企业还为医疗队队员送来了真空包装的羊杂。

胡莹说："我们吃到了羊杂，家乡的味道特别亲切。那天，端上那碗热腾腾的羊杂眼泪都快要流出来了！以前也没发现羊杂这么好吃，就觉得那次真的太香了。"

在支援湖北的23天里，胡莹每天都会和妈妈视频通话，让妈妈知道她在这里一切都好。

胡莹说："就想对妈妈说，你看我没骗你，我跟你说了，我去帮助别人，别人就会帮助你。我没有骗你吧？而且我在这边防护也做得很好。防护我是专业的，你不用担心我。我现在长大了，我觉得自己是一个可以撑得起一片小天地的小战士了。你不要再把我当小孩子了，你要相信我，好吗？"

（原载2020年2月21日央广网　徐　升）

千里"云会诊"诠释"宁"来"襄"助情

"双肺多发病灶,磨玻璃状变化明显,这是一个典型的临床诊断新冠肺炎患者病例。"盯着屏幕上播放的患者胸片,63岁的宁夏医科大学总医院影像科主任医师郭玉林迅速作出判断。

1月17日晚,宁夏医科大学总医院的几位专家与远在千里之外的湖北省襄阳职业技术学院附属医院的专家,隔着一面电子大屏,对两例高度疑似新冠肺炎病例进行远程会诊。这也是宁夏对襄阳首次通过网络在线伸出援手。

连日来,全国19个省份对口支援湖北省除武汉市外的16个市州及县级市。襄阳是宁夏的对口支援市,近日,宁夏已派出4批援湖北医疗队共450余名"白衣天使"奔赴抗疫前线。宁夏医科大学总医院的数名医护人员已在襄阳职业技术学院附属医院奋战多日。

宁夏是全国"互联网+医疗"首个示范区，作为试点医院之一的宁夏医科大学总医院决定通过远程医疗让"家里"的专家惠及远方的医患。"我们派去兄弟城市支援的医护数量和专业有限，远程会诊可以弥补这一缺口，既能快速诊断以缩短患者等待时间，又能对疑难杂症精准化治疗，确保患者治疗结果。"宁夏医科大学总医院医务处处长卜阳说。

在与当地院方沟通后，经过一天的紧张准备，连接宁襄两地的远程医疗通道搭建起来了。屏幕上，胸片患者黄女士今年39岁，是襄阳本地人。与疫情高发区人群接触后，出现了发热、恶心呕吐等症状，并住院治疗。胸片影像高度疑似新冠肺炎患者，但两次核酸检测呈阴性。

在线会诊期间，襄阳职业技术学院附属医院的医师不时交流提问，隔空向宁夏专家团队请教探讨。听完郭玉林的影像分析，宁夏医科大学总医院呼吸与危重症医学科主任医师陈娟有条不紊地给出建议。

"患者没有出现呼吸衰竭和脏器功能障碍，肺部影像表明她已在恢复期，是普通的新冠肺炎患者，可以继续给予中成药和奥司他韦治疗。"她说。

宁夏专家的肯定和建议无疑给远在襄阳的医师团队吃了颗定心丸。襄阳职业技术学院附属医院副院长魏军说："虽然准备时间比较仓促，但今天的会诊很成功。宁夏专家的建议都很明确，就像黑暗中的一盏指路明灯，我们很受鼓舞，也有底气去实施接下来的救治。"

紧接着,宁襄双方医师又对56岁的襄阳患者谭女士的病历进行了探讨。谭女士有与确诊患者接触史,因咳嗽咳痰严重入院治疗,其胸片和核酸检测结果与黄女士一样。襄阳医师团队按新冠肺炎疑似病例给予治疗多日后,她的咳嗽症状和肺部病症并未好转,为此在线向宁夏专家求助。

对此,郭玉林、陈娟两位专家照例从影像诊断和用药治疗上给出建议,清楚地解答了襄阳医师的疑惑。约一个小时后,远程会诊在襄阳医师的掌声中接近尾声。"我相信这一小步走下来,我们会大步往前迈。更重要的是,通过远程会诊,我们能更好地服务患者,践行医者的初心和使命。"魏军说。

(原载2020年2月19日新华网 谢建雯)

宁夏对口支援湖北襄阳——
尽锐出战　精准救治

1月28日晚,当宁夏第一批支援湖北医疗队到达襄阳时,襄阳当地的一名医生激动地说:"见到你们,我太感动了,眼泪都要掉下来了!"从首批医护人员在春节期间紧急驰援至今,宁夏已先后派出6批共785名医护人员驰援襄阳、武汉,承担新冠肺炎多个病区的救治任务。其中,216名医疗队队员分赴襄阳市各家医院开展救治工作。宁夏还向襄阳捐赠价值140多万元的有创呼吸机6台、价值50多万元的无创呼吸机35台和各类医疗物资。

据了解,通过对宁夏全区二级以上医疗机构专业资源的测算,目前集结的支援力量,已占呼吸、感染、重症、急诊等重点专业医护资源的一半左右。在宁夏应对新冠肺炎疫情工作指挥部,记者了解到：大约20年前，闽宁对口扶贫协作率先启动对宁夏的医疗帮扶。2012年后，京宁、沪宁医疗支援相继启动，北京每年拿出千万元资金结对帮扶，上海每年提供相关培训。近两年，湖南、江苏与宁夏的医疗协作相继开展。"宁夏医疗事业是在全国帮助下发展起来的，面对疫情，宁夏必须全力以赴。"宁夏的一名医生对记者说。

不久前，20辆大型运输车、40名驾驶员轮班，跨越1200余公里，将来自宁夏的400吨蔬菜、150吨优质大米运抵湖北，负责运货的宁夏小伙儿说："从采摘到现在还不到30个小时，菜叶子还鲜着呢！"这批物资的出发地是宁夏固原，也是一片向脱贫发起最后攻坚的土地，很多蔬菜直接来自西海固的农田。宁夏，作为在脱贫等领域接受援助较多的省份，在抗击疫情的战斗中从"受助"变为"支援"，不遗余力，尽锐出战。

支援工作开展以来，宁夏制定了《宁夏支援湖北新冠肺炎医疗救治工作指南》，明确了包括医疗队工作制度、医疗队工作职责、职业暴露或发热应急处理措施等在内的15项制度。进入每一个援助单位之前，医疗队都会组织专家对工作环境、流程等进行评估，对医院感染管理流程、发热门诊设置等进行调整，尽量降低感染风险。为了加强个人防护，每个医疗队都指定安全员，上岗前对医疗队队员穿脱防护服等进行培训考核。

据了解，宁夏支援襄阳医疗队累计接诊2286人次，累计收治住院患者1747例，累计会诊625例，累计心理疏导873人次，累计出院（转出）788例。宁夏医科大学总医院、宁夏回族自治区人民医院、银川市第一人民医院先后与襄阳当地7家医疗机构建立了远程视频交互式会诊机制。同时，医疗队的公共卫生人员还对新冠肺炎患者家中和集中隔离观察点进行消毒，对社区卫生服务中心、复工复产企业等40多家单位进行消毒指导，并协助完成流行病学调查等工作。

宁夏医疗队还在襄阳设立临时党支部和党小组，在党支部战斗堡垒作用的感召下，167名医疗队队员火线申请入党。

2月14日晚，第一批援湖北医疗队队长郝晓明问队员："我们这一批的任务期满了，谁愿继续留下来？"结果，全员要求留下，大家都说，与其换人轮岗，不如坚持到最后。第二天，137名队员集体再请战："请批准我们继续留在襄阳，疫情一天不退，我们就一天不回！"

（原载2020年3月16日《人民日报》6版　李增辉　王汉超）

固原市原州区卡友一路"逆行"雷神山

武汉的疫情,牵动着亿万国人的心。门店能停、商场能停、一切都能停,唯独物资运输不能停。在抗击疫情期间,许多卡友驾驶着满载货物的卡车,向着武汉一路"逆行"。记者电话采访了解到,何志刚就是万千卡友中的一分子,他与3个同伴历时两天,无偿将物资从湖南运送到武汉雷神山医院。

何志刚今年37岁,家住固原市原州区三营镇鸦儿沟村,与侄儿何勇搭档跑长途运输。1月19日,他将一批货物运送到湖南郴州。1月27日晚,在网上看到一则消息后,内心强烈的责任感驱使他要为国家贡献自己的力量。

"疫情期间,武汉缺乏物资,网上有人发布消息,急需将湖南长沙的物资运往武汉雷神山医院，我当即和另一位卡友马金龙商量，要尽自己所能为武汉同胞做点什么。"两人一拍即合，当即联系了发布消息的老板，1月27日晚出发前往长沙。

电话里，何志刚语速很快。"到长沙后，我们说出了自己的想法，工厂老板感到很意外，因为上一辆运送物资的卡车光运输费就1万多元，而我们却要无偿运输，最后，工厂老板本着让我们少赔点钱的想法，给了我们3000元油钱。"何志刚说，1月28日晚，他们将物资全部装好，两车四人向着武汉一路"逆行"。

从1月28日晚装货启程，到1月29日晚卸货返程，这24个小时里，他们马不停蹄，轮换开车，丝毫不敢耽误。"到达雷神山医院后，我们悬着的心才放了下来，整个人都很轻松，我还在街头为我们一行人做了顿饭，大家都说是今年吃过最香的一顿饭，也是永生难忘的一顿饭。"马金龙坦言。

1月31日早上9时多，何志刚一行人平安返回固原，他们主动汇报情况，4人被安排在原州区人民医院隔离观察。截至2月2日，除了马金龙之子马杰感冒、头有点疼，其他3人均无异常。

没有哪个冬天不能逾越，也没有哪个春天不会来临。尽管疫情还未消散，但从不缺少希望之光引导我们前行，待到风吹樱花落，雨润黄鹤楼，唯愿疫情退散，我们一起出门看山花烂漫。

（原载2020年2月3日中国经济网　许　凌　吴舒睿）

宁夏派出6批785名医务人员支援湖北——
不辞辛劳　勇挑重担

沿途不时能听到见到志愿者、武汉市民说着"谢谢"和挥手告别……3月17日下午，在去机场的大巴上，宁夏第四批支援湖北医疗队队员、平罗县妇幼保健院妇产科护士长刘龙霞感动得流下了眼泪。"武汉人民加油，你们是最棒的！待来年春暖花开时，我一定会回来！"刘龙霞激动地说。

在宁夏第二批、第四批支援湖北医疗队凯旋的同时，在武汉市中心医院后湖院区的隔离病房内，宁夏第五批、第六批医疗队队员仍在坚守。

1月27日下午，宁夏回族自治区党委和政府作出部署，从包括宁夏医科大学总医院、宁夏回族自治区人民医院等三甲医院在内的医疗机构中选派精锐力量驰援湖北。不到一个小时，全区各级医疗机构报名支援湖北的医护人员就达2000余人。

"我参加过抗击'非典'，有30多年的专业经验，这个时候我得上。"接到医院发出的支援湖北倡议书时，54岁的吴忠市人民医院呼吸与危重症医学科主任常海强第一个报了名，成为首批队伍中年龄最大的队员。

"我要去支援湖北，咱们的婚期往后延一延吧。"26岁的银川市第一人民医院儿童康复科护士段晶晶，原计划2月9日结婚，医院发出动员令后，她果断报了名，并和未婚夫商量将婚期延后……"没有国哪有家，我支持你。"在和未婚夫意见达成一致后，1月28日下午，段晶晶和队员们飞赴武汉，随即转乘大巴于第二天零时30分抵达湖北襄阳，投入抗疫战斗。

宁夏卫生健康委综合监督局局长、宁夏首批支援湖北医疗队领队郝晓明介绍说，首批医疗队137人基本上都是从宁夏全区8家医院精选的重症医学科、呼吸科、感染科等临床骨干人员，其中接近一半是像段晶晶这样的"90后"。到达襄阳后，他们分为12支小分队，分别奔赴襄阳市的7个县区医院和5个市级医院。

宁夏第五人民医院重症医学科护士侯瑞莲2021年就要退休了，疫情当前，她却选择了跟年轻队员们一起奔赴一线，被分到襄阳市传染病医院隔离病区。这个病区共有50名患者，侯瑞莲和同事要负责为患者输液、雾化吸入、帮助服药等，还要对患者进行生活护理和生命体征监测等。

"选择了穿白大褂，就要承担起守护生命的责任！"在给女儿的信中,侯瑞莲如是写道。

3月7日,武汉客厅方舱医院患者清零。这里是武汉市承接新冠肺炎轻症患者最多的医院,也是宁夏第二批医疗队队员奋战了一个多月的地方。

2月9日,是宁夏医科大学总医院副主任医师杨生平到达方舱医院的第一天。下午6时许,一名50多岁的患者突然心脏骤停。杨生平用了两个多小时,前后做了20多分钟心肺复苏,终于将患者从死亡线上拉了回来。"救回一名患者,也就为更多的人带来了生的希望。"杨生平说。

"每次交完班回到住处,累得连说话的力气都没有了。"彭阳县人民医院护士韩小娟说,但只要一进舱,她和战友们就开始不知疲倦地忙碌。抽血、送饭、监测生命体征、采集咽拭子……衣服湿了干、干了湿,面颊被口罩勒出深深的印痕。"患者需要我们,我们不能停下来。"韩小娟说。

武汉市中心医院,是武汉最早接收新冠肺炎患者的医院之一。2月26日和27日,宁夏第五批、第六批医疗队队员相继进驻该院后湖院区发热16病区和发热4、5病区。

宁夏第五批医疗队接管发热16病区时,一名63岁的新冠肺炎危重症患者的病情极度恶化。医疗队接手后立即组织会诊,仔细研判病情,调整了诊疗方案,全力抢救。3天后,老人从昏迷中醒来,病情也一天天好了起来。

有一名患者情绪低落,不愿与人交流。"我们接诊后,认为要治病先'治心',必须解开她的心结。"银川市第一人民医院医生谢晓敏说。接诊第二天,一个包括患者家属在内的18人微信群建立了起来。群里的医生不断为该患者做心理疏导,一段时间后,她开始和医护人员聊天,配合治疗。伴随着心态的转变,她的病情也明显好转。

自1月28日以来,宁夏先后派出6批医疗队队员共785人支援湖北。"宁夏各级各类医疗机构中,感染、呼吸、重症等重点专业50%的医疗卫生力量都被派到了湖北。"宁夏支援湖北疫情防控前方指挥部副总指挥、宁夏医科大学总医院副院长黄河说。

截至3月17日,宁夏医疗队累计接诊患者3589人次,管理住院患者2744例(武汉847例、襄阳1897例),治愈出院患者1175例(武汉420例,襄阳755例)。10名公共卫生人员分成3组在武汉、潜江、襄阳开展疫情防控工作,累计梳理密切接触者27人,梳理接触人员209人,消毒16020平方米,采集、收集、转运标本1605份。

(原载2020年3月20日《人民日报》6版 范昊天)

宁鄂同心抗疫：路再长也会有终点

"夜再长也有星空陪伴，路再长也会有终点。妈妈加油，武汉加油，中国加油！"这是宁夏银川市外国语实验学校初二学生曹家瑞写给奋战在湖北襄阳抗疫一线的护士妈妈的一封家书。远隔千里，宁夏与湖北始终同心抗疫。

新冠肺炎疫情发生以来，宁夏已累计向湖北派出6批医疗队共785人奔赴医疗救治一线。在这次抗疫中，宁夏"倾我所能、倾尽所有"，将仅有的医疗资源、物资支援前线；湖北一句又一句"谢谢'宁'的逆行"，让两地人民的感情升温。

我们是一家人

1月28日,宁夏首批137名医护人员驰援湖北。

2月4日,138名医护人员赶往武汉方舱医院。

2月12日,第三批79名医护人员集结前往一线。

2月15日,第四批100名医护人员再次集结。此次出发时,宁夏回族自治区党委和政府委派自治区党委常委、宣传部部长李金科到湖北省武汉市和襄阳市指导宁夏医疗队疫情防控和医疗救治工作,并代表自治区党委和政府看望慰问医疗队队员。

2月19日,第五批153名医护人员踏上征程,这次他们带去了6台呼吸机和其他紧缺的设备物资。

2月21日,第六批172名医疗队成员再赴荆楚大地……

一路勇往直前,一路齐心协力。

"吃点甜的,这是我家人给我准备的。"从宁夏回族自治区人民医院急诊科出征的宋薇在襄阳市中心医院东津院区发热3病区执行医疗救援任务,看到许多病人情绪不佳,她特意带来了酸奶、牛奶、橙子等零食。"你啊,在病房不要胡思乱想,好好吃。这是同事熬的阿胶,能增强抵抗力。我给你分了几袋,你试试啊。不要见外,这里不分宁夏人、湖北人,我们都是一家人。"

把所有东西都放在病人的床头柜上,宋薇伸出手说:"来!我们一起加油!"她握住了患者的手。而那个不知道怎么表达情绪的患者,突然哭出声来:"谢谢你们……"

同样冲锋在一线的宁夏护士丁妮,毕业于襄阳职业技术学院护理专业。在她的心里,早就把襄阳当成了第二故乡。这次回到襄阳,她带着一颗感恩的心。她说："我没有任何的担心和害怕。因为作为一名医护人员，我有责任完成这次战斗。"

在所有的医疗队队员心中，他们早就与所有的病患变成了并肩作战的战友，变成了互相依靠的家人。

我们是一起并肩作战的战友

1月28日以来，宁夏每批医疗队出征时，自治区党委和政府领导都到机场送行，平实的话语、殷切的嘱托，温暖、激励着每一名队员。

2月15日，李金科一下飞机便驱车抵达襄阳市主持召开专题会议，火速成立并加强宁夏支援湖北疫情防控前方指挥部，从统筹指挥、协调配合、服务保障、沟通联络、全面支援等方面明确各项工作职责。

2月16日，李金科到襄阳市中心医院、襄阳市传染病医院和谷城县等地看望慰问医疗队队员，转达了自治区党委书记陈润儿和自治区主席咸辉的问候，嘱咐大家做好个人防护，发扬救死扶伤的职业精神，与湖北、与襄阳人民一道坚决打赢疫情防控阻击战。同时，召开会议与湖北省委常委、襄阳市委书记李乐成，襄阳市委副书记、市长郄英才等襄阳市领导共同研究宁襄联防联控和医疗救治等工作。

2月18日，武汉、襄阳两个临时党总支成立，临时党支部及临时党小组延长了组织管理触角，为开展救治工作提供了组织保证。李金科先后到襄阳市中西医结合医院、襄阳职业技术学院附属医院、襄阳市第一人民医院等多家支援医院看望慰问医疗队队员。

"感谢领导对我们的关心和支持，我们在这里感觉到了家的温暖，我们保证顺利圆满完成抗疫任务，平安回家。"

"感谢领导的关心,我们远在襄阳,也能感受到家乡人民带来的温暖和关爱,我们一定不辱使命,胜利回家。"

……

医护人员纷纷表达感激与决心。

"此刻我不是领导,我们是一起并肩作战的战友。"在与身在湖北一线的医护人员通话时,李金科不断强调这句话。"你们不畏艰苦、无私奉献,展现的是宁夏的精神与风采,更是宁鄂同心的大爱。有困难尽管提,组织是你们坚强的后盾!"

不要说谢谢　帮助湖北就是帮助我们自己

在湖北省枣阳市第一人民医院支援的宁夏医疗队队员杨梅说,走在街上,只要看到身穿迷彩服的宁夏医疗队队员,不相识的人们总会停下匆忙的脚步向她们挥手致意,还有志愿者将生活物资和水果送到她们住的宾馆。

"其实不是在帮湖北,因为我们都是一家人。虽然累,但他们的鼓励让我们更加有力量。"杨梅在日记中这样写道。

在湖北一线,宁夏医科大学总医院、宁夏回族自治区人民医院先后与襄阳职业技术学院附属医院、谷城县人民医院等多家医院实现远程视频交互式会诊,累计对超过100例疑难和危重症病例进行会诊。

为了防止院内感染发生,新成立的临时党组织与属地受援医院合而为一的战斗单元成立了两地专家组加强技术指导,每个医疗小组还专门确定了安全员,反复强化防护知识和实践操作,人人培训考核过关。

不仅如此，李金科牵头组织专题研究制定《宁夏支援湖北新冠肺炎医疗救治工作指南》，明确了包括前方指挥部工作制度、医疗队工作制度、临时党组织职责、职业暴露或发热应急处理措施、医疗队工作职责等在内的15个制度，为确保守住医护人员不发生感染底线提供保障。特别是将医护人员每日两次检测体温、健康体检、合理安排班次、同班组人员个人防护等实行相互监督提醒和相互帮助，以及健康状况和院内感染情况实行"日报告"和"零报告"等纳入制度作为硬性要求。

"这是一场与病毒抗击的合力战，更是检验队伍的阻击战。帮助湖北战胜疫情，也是帮助我们提升专业能力。"会议上，李金科强调说。

"虽然不知道你们的名字，但是心里一直感激你们的默默付出。你们当中很多护士是才毕业的学生，也是家里的掌上明珠，却选择在艰难的时刻战斗在最危险的疫情一线，向你们表达感谢和敬意。"在湖北各地的隔离病区，患者用各种方式表达谢意。

目前，第一批援助湖北的医护人员，尽管已经工作了快4周，但他们纷纷表示不愿意轮换，想继续留下来工作。宁夏、武汉、襄阳三地联手筹集防护服、口罩等医用物资保障医疗救治工作顺利开展……

这场来自宁夏和湖北的同心之战，在不断向疫情说"不"，向胜利招手。

（原载2020年2月24日中新网　于　翔　李佩珊）

"宁"来"襄"助,"兄弟连"风雨同舟
——宁夏援助湖北战"疫"记

黄河滚滚,滋润塞上沃野千里;汉水苍苍,繁育襄阳中华古城。从黄河边到汉水畔,宁鄂两地并肩战"疫",合力共筑疫情防控的坚强防线。

"我们要'宁'成一股绳,心往一处'襄',勇担重任、不辱使命,早日斩除病魔。"作为疫情应对"一省包一市"中西北五省唯一的省区,宁夏和辽宁共同援助襄阳市。连日来,在自治区党委和政府的统一部署下,成立了宁夏支援湖北疫情防控前方指挥部,6批白衣战士"逆行"湖北武汉和襄阳,550吨蔬菜大米紧急驰援湖北,部分企业主动转产,干部群众自发解囊支援抗疫,同湖北人民风雨同舟。

驰援：倾囊相助

湖北疫情告急。1月26日农历正月初二，组建医疗援助队支援湖北的征集令一发出，宁夏各地医院的医护科室微信群里顿时"炸开了锅"。

"我申请报名，不计报酬、不论生死！"

"救死扶伤，是医者使命，党员担当！"

"我参加过抗击'非典'，有经验，让我去！"

短短24小时，就有2000多名医护人员主动请缨奔赴抗疫一线。

这是一张非常时期的"出师表"：

1月28日，137名医护人员启程出征，驰援湖北。

2月4日，38名国家紧急医学救援队队员和100名专业护理医疗队成员星夜赶往武汉。

2月12日，第三批79名医护人员迅速集结出发。

2月15日，第四批100名医护人员奔赴抗疫最前线。

2月19日，第五批153名医护人员携带6台呼吸机等医疗设备和防护物资，踏上了征程。

2月21日，第六批172名医疗队成员再赴荆楚大地……

"在危难时期和关键时刻，大家表现出的不怕牺牲的精神、同舟共济的境界和不辱使命的担当，令我们感到骄傲和自豪，使我们备受鼓舞和激励。衷心希望大家在新的征程、新的战场、新的考验中，与湖北人民并肩战斗，做抗击病魔英勇战士！"自治区党委主要负责同志在机场为援助湖北医疗队送行时说。

作为西北小省区，宁夏的医护力量、物力资源并不宽裕，但党中央支援湖北的号召一发出，宁夏就迅速响应，坚持全国"一盘棋"，按照中央的统一指挥、统一协调、统一调度，全力以赴、倾囊相助，支持湖北的疫情防控工作。

宁夏区内没有一家医用口罩生产企业，防疫物资本就捉襟见肘，但自治区还是将千方百计从外地筹集来的防护用品优先配给援助湖北医疗队；自治区党委和政府紧急筹集550吨蔬菜和大米，星夜兼程运抵湖北；部分企业紧急转产生产口罩原料、消杀用品等；宁夏干部群众自发为湖北捐款捐物、鼓劲加油……

运往湖北的150吨马铃薯来自宁夏最后一个未脱贫的国家级贫困县固原市西吉县。"一听说是送往湖北的，我们立即动员80多名村民连夜分拣、装卸。西吉的脱贫攻坚得到了全国各地的帮助。疫情当前，我们也想为保障湖北的'菜篮子'出一份力。"西吉县红耀乡小庄村鑫馨马铃薯种植合作社负责人熊志忠说。

守护：医者仁心

"虽然我不知道你是谁，但是我知道你的名字叫'宁夏'。"襄阳市襄州区第二人民医院隔离病区的患者感恩地对宁夏援助湖北医疗队队员周文杰说。

截至2月20日，宁夏前5批援助湖北医疗队600多名医护人员，或已奋战在武汉市方舱医院和襄阳市16家医疗机构，或正接受培训即将进入病区。

2月9日下午2时，武汉客厅方舱医院B厅开始正式接诊新冠肺炎确诊患者。宁夏医科大学总医院心脏中心内科副主任医师杨生平，作为首批医护人员,一来就立刻投入到紧张的接诊工作中。刚刚安顿好几位轻症患者入院,杨生平抬眼一看,一名护士背着比她高出一头的一位重症患者向抢救区走去,他立刻跑过去接手。

"发生什么了?""病人休息不到10分钟,突然晕倒!"

"清理口腔分泌物!""连接心电监护仪!""开放气道、人工辅助呼吸!""患者室颤,立即除颤!"简短沟通后,杨生平沉着地下达一连串抢救指令,和几位护士默契配合,将患者从死亡边缘拉了回来。

在治疗过程中,信心与希望无比珍贵。确诊患者隔离治疗,家属不能陪伴照顾,使一些患者较为焦虑脆弱,而医护人员的用心用情让他们感受到了家人般的温暖。

"姑娘,你和我女儿长得一样,就像一个模子里刻出来的。一看到你,我就想到我女儿。"在襄阳市中医医院,宁夏医科大学总医院神经病学中心内科护士王爱芳正在查房,一位老人躺在病床上对她说。

"阿姨,那我就做您的女儿。"王爱芳笑着回应。老人高兴地拿出手机。"这会儿我就把你拍下来。以后要是想念你这个远在宁夏的女儿,我就翻出来看看。等病好了,我要带你去看看襄阳的古城墙、古隆中、唐城……"老人指着窗外,绘声绘色地说。

淬炼:侠之大者

有人推迟了婚期,有人还在哺乳期……在这场突如其来的抗疫中,宁夏医护人员"逆行"走向英雄的城市,也成就了淬炼之路。

宁夏回族自治区人民医院ICU护士冯晓娟是第一批驰援湖北的医护人员。当她看到医院的通知时，孩子尚未断奶，一番犹豫挣扎后，她义无反顾地报了名。想孩子时，冯晓娟会抽空跟小家伙视频，一看到孩子哭，她就赶紧挂断视频，"见不得，一见我也哭得控制不住"。

有困难、会想念，但冯晓娟对自己的选择丝毫没有动摇。"医护人员这个时候必须站出来！我父亲也是学医的，他很清楚我作的决定是正确的。"冯晓娟说，"家人都很支持我，请他们不要担心，我一定会平安归来。"

和冯晓娟一样，无论是在武汉，还是在襄阳，宁夏的白衣战士在迎接挑战中诠释坚守，在克服困难中愈加坚定。

张兴轩是宁夏医科大学总医院心血管内科的一名男护士，现在襄阳市第一人民医院的隔离病房做护理。遇到病情重的病人，他总是第一个冲在前面。每天至少穿着防护服6小时，不吃不喝不上厕所，值一个班下来，张兴轩的衣服全部湿透了。

口罩压出一道道勒痕，衣服被汗水浸透……从1月28日集结至今，宁夏第一批援鄂医疗队队员已经奋战了20多个日夜。"疫情不退，我们不撤！""继续战斗！""必须留下！"第一批援助湖北医疗队的医护人员纷纷表态，强烈要求留下来继续工作。

强大的团队凝聚力战斗力，离不开强有力的党建引领。在武汉和襄阳两地，宁夏援助湖北医疗队分别成立临时党总支，在此基础上，又成立了12个临时党支部和5个临时党小组。一名火线申请入党的护士说："我不是共产党员，但早已心向往之，我随时准备接受组织和人民的考验，在这场斗争中淬炼自己。"

"以后只要遇到来襄阳的宁夏人,一律请吃大碗牛肉面""愿我们的大英雄平安归来",网络上,宁夏和襄阳的网民频繁互动,相互打气。"襄阳是武侠小说中的'侠之大者,为国为民'故事的发生地,宁夏的医生助襄阳抵抗疫情,也是侠之大者。"一位网民这样留言。

(原载2020年2月29日《新华每日电讯》 王 磊 张 亮 谢建雯 马丽娟)

"常妈"的承诺

3月20日下午4时,银川河东机场。随着飞机平稳落地,常海强的心也落了地。

常海强是宁夏第一批援助湖北医疗队成员,在50多天的时间里,作为领队,他带领14名来自吴忠市的医务人员出色完成了救援任务。平安归来后,被队员亲切称呼为"常妈"的他说:"我兑现了我的承诺,没有辜负父老乡亲的嘱托。"

常海强是宁夏吴忠市人民医院呼吸与危重症医学科的科主任。1月27日,当吴忠市人民医院党委发出驰援湖北的倡议后,54岁的他毫不犹豫地报名请战。第二天,来自全市各医疗单位的队员集结出发时,常海强被任命为领队。作为队中的老大哥,他向所有人承诺:

"我一定会当好这个领队,把14名队员安全带回家!"

"我们就称呼您'常妈'吧!"从吴忠到襄阳的路上,常海强仔细叮嘱大家各种注意事项,队员感觉"好像妈妈跟着一起来了"。尽管是开玩笑,常海强明白自己肩上的重任,因为"一点点疏忽都会导致严重后果"。

进入襄阳市中心医院后,医疗队队员每天7时40分开始穿戴防护装备,这是常海强极其重视的环节。全套防护装备穿戴完毕需要20分钟,护目镜、口罩是否佩戴周正,防护衣粘扣是否扣紧,有没有露出缝隙……队员互检之后,常海强依照程序再进行检查。"50多天里,任何时候都不敢有一点点的松懈。"

在繁重紧张的救治工作之余,"常妈"时刻注意在病房里穿梭往来的队员。17年前抗击"非典"的经历,让他比其他人更加敏锐和谨慎。

一天上午,查房刚刚结束,常海强发现一位护士在同事后背上比画着什么,他察觉到了异样。原来是护士小杨工作时防护衣被刮破了,有一个小口子,"这一穿一脱需要40分钟,太费时间了。再说防护衣又那么紧缺,用胶布粘一粘,还能用,应该没事的"。

"常妈"急了:"停止工作,马上去换,马上!"

透过护目镜,他看到了年轻护士眼中的泪光,心一软,但语气依旧严厉:"不知道病毒无情吗?一旦感染,大家都被隔离了,我们来襄阳还有什么用?"

尽管做过充分的思想准备,但这件事还是让"常妈"感到后怕。年轻队员初次经历,警惕性不高,在程序规范方面难免有所疏漏。从那天起,他对队员防护工作的监督从每天早晨8时前的20分钟,扩展到了全天。每天下班前，回到驻地后，甚至进入房间时，每一个环节的消杀都力求做到极致。

充沛的体力和健康的情绪是做好工作的前提，常海强在这方面没少费心思。没办法做到面对面交流，他每天下班回到驻地，总会挨个给队员打电话来一番"妈妈般的唠叨"：当天的救治情况如何，队员的身体情况怎样，饭菜是否可口……

50多天的时间里，常海强像妈妈般呵护着每一名队员，诸如速冻食品怎样保管、队员房间洗漱用具和洗脸盆是否需要每天派专人更换或清理、使用空调会不会导致队员患上感冒这类问题，他都十分上心。强烈的责任感来自他有诺必践的信念："大家信任我，都叫我'常妈'，那我就一定要做好！"

（原载2020年3月25日《工人日报》3版　马学礼）

最美的她

背上行囊　星夜驰援

有人说　这是逆行

我知道　奔赴一线始终都是战士的方向

防护服外面的世界　角落里隐藏着死神

而在每个人的后背　刻着降魔人的名字

光洁的脸颊　被口罩勒出深深印痕

这是最美的天使印记

死神也会望而却步

她暂时收起洁白的婚纱

她独自一人开着卡车送来了31吨酒精

她是冲上"火神山"的女包工头

她是背起五六十斤重的药桶巡街消毒的环卫女工

还有连日执勤的她 晕倒在交通防疫检查点上……

宝盖头 一个女字 是为"安"

这份安全 有那么多平凡的她在守护

她们是女儿 是妻子 是母亲

柔弱的肩膀挑起千钧担

待到长发飘飘时

已是春暖花开

（原载2020年3月8日新华社客户端 王进业 王 磊 刘 恺 曹 健 唐亚蒙任 玮 罗 毓 杨植森）

抗疫白衣巾帼背后的"后援男团"

她们，

顾大家，整装逆行

防护服是她的战袍，她们用医术仁心，与病毒较量

他们，

守小家，扶老携幼

油盐酱醋无小事，他们愿为妻分忧，盼她们收到平安早归

石慧是宁夏医科大学总医院冠心病重症监护室的主管护师，出征支援武汉市中心医院后，丈夫秦吉伟每天陪六年级的女儿上网课，照顾孩子的饮食起居。

秦吉伟对妻子说:"老婆,我和孩子在家一切都挺好的,你在武汉要照顾好自己,向你致敬,我们在家等你凯旋。"

丁欢是宁夏医科大学总医院重症医学科主任医师,出征支援武汉市中心医院后,身为健身教练的丈夫张宁每天在家网络授课,并负责女儿的一日三餐。

张宁对妻子说:"你终于实现了你的心愿,带队去了武汉抗疫一线,我和家人都好,祝愿你以及所有的'女战士'节日快乐,能够早日战胜疫情,全家团聚。"

杨晓芸是宁夏回族自治区人民医院呼吸内科主任医师,出征支援武汉市中心医院后,丈夫赵庆川在家照顾患有糖尿病的父母。

赵庆川对妻子说:"老婆,你在武汉安心治病救人,我把父母照顾得挺好。预祝你们团队早日战胜疫情,安全归来。"

朱谊是宁夏医科大学总医院心脑血管病医院呼吸与危重症医学科临床护士,出征支援武汉市中心医院后,丈夫余东担负起照顾一岁两个月儿子的任务。

余东向妻子说:"亲爱的老婆,希望你在前方照顾好自己,做好防护,'小树苗'(儿子)有我照顾呢,祝你节日快乐,早日平安归来。"

靳美是宁夏医科大学总医院新生儿重症监护室护士,与丈夫李丹阳新婚两个多月后,她出征支援武汉市中心医院。

李丹阳向妻子说:"媳妇,这才结婚两个月,你就把哥撂家里了。没事,哥在家里都挺好的,希望你在那边一切都好,等你平安归来。"

三月芬芳,巾帼如花。

在这个特殊的三八国际劳动妇女节

祝抗疫一线的巾帼英雄们

节日快乐!

(原载2020年3月8日新华社客户端　王　鹏　冯开华　杨植森　贾浩成)

梅尔思夫妇抗疫记

在宁夏银川家中的阳台上,39岁的梅尔思对着笔记本电脑又唱又跳,用纯正的"伦敦音"与屏幕另一端的小朋友互动。与此同时,他的中国妻子冯雅楠已经切好了一盘哈密瓜,等着丈夫下课。

"隔着视频,我一样能为孩子们纠正发音,教他们唱歌、做游戏,互动效果还不错,老师和孩子宅在家,生活也不会无聊。"梅尔思说。

马特·梅尔思是英国人,出生在距伦敦不远的一个小镇上。毕业于诺丁汉大学新闻系的他做了8年电台记者和主播后,考取了曼彻斯特大学,攻读少儿教育学硕士学位。在中国任教期间,梅尔思结识了同样热爱英语教育的妻子冯雅楠。2017年,两人在银川结婚定居,并创办了一家国际少儿英语培训学校。

新冠肺炎疫情发生后，中国各地相继推迟复工复产、复学复课时间，梅尔思的培训学校也暂停了线下教学活动。

"我每天都看新闻，关注武汉、宁夏和全中国的疫情形势。我是中国女婿，是中国大家庭的一员，我也想为抗击疫情做些力所能及的事情。"梅尔思说。

于是，夫妻俩决定将英语教学从线下转到线上。代课老师在微信群给学生布置作业，学生每完成一次作业打卡，学校就给武汉捐出两元钱。

"通过让孩子们参与抗疫、学习打卡，帮他们养成良好的学习习惯，更重要的是，培养他们的家国情怀和爱心。"冯雅楠说。

据了解，梅尔思夫妇先后以学校和孩子们的名义向武汉协和医院捐助了价值两万元的医用口罩和医用防护服，一起送到医院的还有两人的一封信。这封信以中英双语表达了对医护人员的问候和感谢，还有"武汉加油"几个大字。

"我当时觉得特别温暖，感动到几乎流泪。"在培训学校任教的武汉姑娘李雅倩回忆道。她的姐姐是武汉协和医院的一名医生，因此学校捐赠的抗疫物资一直由姐妹俩对接。

疫情期间，梅尔思夫妇还自掏腰包买口罩，组织学校老师在银川街头免费发放给市民。考虑到学校的10多名外教以及李雅倩等老师，冯雅楠经常把做好的饭菜送到他们楼下。

"等疫情彻底结束，我们会组织全体教师陪雅倩回家，到时候请雅倩当我们的导游，一起去武汉走走看看。"冯雅楠说，这将是一次意义非同寻常的团队建设活动。

居家防疫这段时间,除了每天给孩子们在线上课,夫妇俩还坚持健身和阅读。闲暇时,妻子会努力精进厨艺,而梅尔思会认真学习中文。"我们会保持乐观的心态,增强身体和心理免疫力。"

当前,世界各国都在携手抗击疫情,夫妇俩格外关心英国的疫情,经常视频连线远在万里之外的英国父母,询问疫情防控状况。

"中国抗疫表现出强大的凝聚力,这种经验值得全球借鉴。抗击疫情是全人类的问题,大家团结起来才能早日战胜疫情。"梅尔思说。

(原载2020年4月15日新华社客户端 谢建雯 刘 海)

孙才：我是社区防控最后一道"门"

"您好！请您在这儿登记信息。""麻烦您量一下体温。""谢谢配合！"

从1月26日正月初二开始，"登记""测温""谢谢"是我每天12个小时的工作中说的最多的词语。这场疫情对于我来说，就是一遍遍机械重复地做几项工作。然而，在阻断疫情社区传播中，我们这群平均年龄56岁的保安却组成了社区疫情防控的最后一道防线。

我叫孙才，今年62岁，宁夏银川绿地21城的一名保安。疫情发生后，我和40名同事就没有离开过这里。我们所在的绿地21城有4块区域，包括商业住宅、酒店、工业园区和写字楼等，人员密集且构成复杂，流动性很强。疫情发生之前，这里大部分区域为半开放式园区，没有围墙。接到社区下达的防控任务后，我和同事们首先是竖起围挡。

突如其来的疫情，让一切商业活动处于停滞状态。如何在很短的时间内找到围挡的材料，成了我们的难题。大家发挥聪明才智，四处"寻宝"，最终，我们收集到园区里几乎所有可以用来做围挡的东西：汽车4S店广告牌、建筑工地防护网、废旧木板等。短短两天时间，封锁了园区11处路口，在周边搭建起了近1公里的围挡，设立了9个疫情防控点。我们两人一岗，很快投入了工作。

疫情防控的第一个月是最艰难的。我曾在兴庆区大兴镇参与过抗击"非典"，当时的工作主要是在各村路口设检查点并消毒。和那时相比，这次新冠肺炎疫情防控形势要复杂得多。作为园区为数不多的安保力量，不但要做好大楼入口的消毒和清洁工作，还得为进入大楼的人员逐个登记信息、测量体温，询问他们的旅居史，任何疏漏都可能会造成病毒在社区传播。

春节期间，公司人手、物资本来就极度紧缺，有时候上完12个小时的白班，紧接着又要值夜班，回家成了一种奢望。万家灯火下，有时只能吃点馒头、苹果垫垫肚子。后来，公司采购到一批方便面，园区的几家超市还捐赠了火腿肠等方便食品，解决了燃眉之急。在连续吃了20多天方便面后，我的工作餐再度"升级"。园区一家餐厅老板看到我们不是吃方便面就是啃馒头，开始免费为我们做午餐。我觉得，这家名叫"搭伙"的餐厅免费提供的半个多月的午餐是世界上最美味的饮食。说句心里话，这些老板的名字，有的我都没听说过。但正是这些人，关键时刻给了我们坚守的力量！

"一个人感染,意味着我们都要被隔离,家人也要被隔离。这段时间大家都辛苦些,拜托了!"每天例会前,部门领导都要为我们强调疫情防控的重要性。督导组、街道办和社区每天也会来检查。作为社区防控的最后一道防线,我和老伙伴们都不敢放松警惕。疫情最严重的2月中旬,园区有居家隔离人员59人,还有一家酒店是集中隔离观察点,每天最多有1600多人次进出园区。身边有几位同事一度感冒,在多次测量体温后,确定没有发烧,便又投入到工作中,没有人打过退堂鼓。

两个多月的抗疫,我们坚守的园区没有出现一例确诊病例,也没有漏掉一名疫情重点地区返程人员,派出所、社区、业主对我们的工作给予了高度评价,公司陆续收到了6面锦旗。在我看来,这是最幸福的事情。

现在,园区的鸟语花香多了起来。最近,我们的工作量小了许多,园区企业陆续恢复上班。但我总觉得越是这个时候,越不能放松警惕。我们保安,是园区疫情防控的最后一道"门",任何时候都不能掉以轻心。2019年的这个时候,我和家人去云南旅游。今年,我想等着宣布疫情结束的那一天,再带着家人出去散散心!

(原载2020年4月4日央广网　徐　升　郭长江)

银川经济技术开发区如此被热搜

银川经济技术开发区的企业复工了！近两天，宁夏人纷纷热搜传递一条微信"银川经济技术开发区：战疫情 保增长 显神通"。作为经济欠发达的小省区，高新产业密集分布在宁东能源基地和银川经济技术开发区，这两个区块何时复工，能否达产？无疑备受宁夏人关注。

信息化企业首当其冲

"不可否认，疫情突如其来，给园区发展带来了一定冲击，也打乱了园区大部分企业正常运转的生产状态。"从微信视频看到，银川经济技术开发区管委会主任高言杰表情严肃。

高主任接着介绍，应该说首当其冲的是信息化产业。经济技术开发区育成中心是银川市信息技术企业最为集中的地方。抗疫期间，这里的大中小信息科技企业一边修炼内功，等待厚积薄发，一边勇担社会责任，参与到抗击疫情的战斗中。他们发挥自身优势，协助一线人员利用科技手段开展防疫工作；他们主动出击，用线上产品产生营收效益。而这样一批信息科技企业，也为本土经济发展注入了比预期更加强劲的动力。

目前，银川经济技术开发区育成中心部分信息科技服务企业陆续复工，他们是如何在做好员工安全防护的同时，确保企业稳步发展的呢？

通过手机微信视频连线，记者在银川"梦工厂"大学生创业孵化园首先看到的是消毒液、测温枪，其次便是职工信息详细登记表。"复工复产以后，能在线上办公的就让职工待在家中办公，不到公司来，以减少人员聚集，降低感染风险。对于必须要到公司办公的，一律填报返工人员情况登记表，而且还需要一天3次进行体温登记，办公室也会定时进行消毒。"银川"梦工场"大学生创业孵化园负责人徐耀红说。

信息科技类企业在疫情期间到底受到多大的影响？宁夏广天夏电子科技有限公司销售员陈芳秀介绍："对于我们这种二产、三产结合的企业来说，科技研发是一部分，生产销售也很重要，最近销售和售后受到影响，我们只能通过这段时间布好局，保持跟客户的紧密联系，从线下销售慢慢寻求线上的解决方案，将企业的损失降到最低。"

疫情期间如何降低市场影响？疫情过后怎样逆势而上？在网易宁夏总经理郭富刚看来，"修炼内功、厚积薄发"是很多企业目前可以借鉴和考虑的发展策略。"过去,企业一直忙于销量,在高增长的信息市场中你追我赶,谁都不愿停下脚步,导致很多职工在专业能力、业务素质方面没有时间接受培训。而此次疫情让我们暂时停了下来,让职工有机会学习补充'能量',让企业有机会查漏补缺,应对接下来更严峻的发展挑战。"同时,网易宁夏也在积极通过电子书城等线上产品的开发,谋求更多盈利增长点,弥补因疫情产生的经济损失。

"复工与达产?我怎么觉得我们就没有停止过战斗、中断过生产!"电话那边传来宁夏希望信息产业股份有限公司副总经理李鹏高亢的声音,"这段特殊时期,为了避免疫情传播,方便大家出行,作为信息科技企业就要担起社会责任,用我们的技术力量帮助大家撑起'安全伞'。"据介绍,宁夏九鼎物流科技有限公司在这场疫情防控的战斗中也主动承担责任,充分发挥自身优势,利用梦驼铃线上物流平台,协助防疫物资、国计民生产品的及时运输调配。

"小巨人"勠力度寒冬

2月10日,记者来到刚刚复工的国内工业机器人顶级生产企业——宁夏小巨人机床有限公司门口,看到安保人员正在为外来车辆司机测量体温、给车辆消毒。记者也是经过测量体温、登记了个人详细信息、签订疫情防范安全责任承诺书后,才被总经理办公室负责人接进了厂区。

"今天是复工的第一天,目前公司员工实行错峰上班,分批次分时段到岗。对于外地返银员工,我们按照相关要求隔离14天。现有职工880名,目前复工人员490名。"公司生产部部长李红星介绍。

1月26日，公司成立了疫情防控工作组，制定下发《关于新冠肺炎疫情防控管理及应对措施》，并通过公司内部网站、微信平台对员工进行培训。小巨人公司在厂区空地搭建了一个临时隔离区，员工在工作期间若有不适，可以立刻实施隔离，并在第一时间通知疫情防控工作组进行后续处置。李红星说："设置临时隔离区，是供体温异常的职工暂时隔离观察使用的，临时隔离区内有一次性口罩、手套、防护服等防护设施，并定期消毒。"

进入工作区，记者看到在岗工作的员工均佩戴口罩作业，不时有保洁人员对工作间进行消毒。李红星介绍，公司为在岗职工准备了口罩、劳保及消杀用品，确保做好防疫各项措施。复工人员在上班前做好体温测量并进行上报，进入厂区后，进行二次体温测量，期间再进行两次体温抽检。

"疫情阻隔，不断温情！"李红星猛然抬高声音。为了确保园区高新企业复工达产，银川经济技术开发区陆续出台一系列扶持优惠政策，如加大技改补贴和金融支持，即凡是在疫情期间通过现有生产线进行技术改造实现生产的，给予项目技术改造费用补贴600万元……"这些政策的出台，可谓雪中送炭，感动着园区每一位企业家，勠力同心度过寒冬，积极谋划决心发展，银川经济技术开发区正在逐渐形成上下一心防疫情、开足马力抓经济的良好氛围。"李红星说。

"上下同欲者胜，风雨同舟者兴。"

（原载2020年2月12日中国经济网　许　凌　拓兆兵）

一份"四个零"的抗疫成绩单
——宁夏新冠肺炎确诊病例清零记

春暖花开的季节,宁夏人民等来了一个好消息——3月16日下午,宁夏最后两名新冠肺炎确诊患者治愈出院。至此,宁夏现有75例确诊病例全部清零,当地疫情防控救治工作实现了"四个零"目标:确诊和疑似病例清零、密切接触者清零、医务人员零感染、确诊病例零死亡。

医患携手战病魔

"过去近两个月里,我们最轻松的时候,就是14日送患者米某出院时。"宁夏回族自治区新冠肺炎诊疗专家组组长、宁夏医科大学总医院副院长周玮说,那一天,专家组和宁夏人民看到了"胜利的希望"。

69岁的米某是宁夏病情最重、救治时间最久的一位患者,也是首个采用气管插管治疗并拔管成功的患者。这位患有多种基础疾病的老人与病魔抗争了整整34天。

呼吸困难、氧合指数持续走低、意识不清……死神一次次向她伸手。诊疗专家组不断调整、优化治疗方案，高流量氧疗、免疫调节、激素治疗等多种方法试下来，效果并不理想。

"2月23日，我们对米某做了康复者恢复期血浆输注治疗，但由于患者基础性疾病较重，疗效依然不太明显。"参与救治米某的自治区人民医院重症医学科主任高小芳说，专家组只好在26日对她采取气管插管有创呼吸机辅助通气治疗。

"气管插管的风险大，当时作出这个决定，专家组成员都顶着巨大的压力。"周玮说，为了保障治疗效果，专家组专门抽出5人成立临床治疗小组，并从全区紧急调配经验丰富的重症医学科医护人员，对米某实施24小时不间断监测、治疗和护理。

昼夜不离的守护，心血没有白费。3月7日，米某成功拔管，两天后由危重症转为重症，并从负压病房转入普通隔离病房继续接受治疗；3月14日，老人治愈出院。

"感谢你们不放弃不抛弃，一次次将我母亲从死神的手里拉了回来。"米某子女写给医院的感谢信，道出了治愈患者及家属的共同心声。

"我们也感谢每一位患者，他们积极配合治疗，用顽强的意志同病魔较量，医患携手共同奋战，这场抗疫就能赢。"周玮说。

五指成拳抗疫情

米某的成功救治并非孤例。截至3月16日，宁夏累计报告新冠肺炎确诊病例75例,其中境外输入病例3例,累计解除医学观察4719例,确诊病例治愈率达100%。成绩来之不易,为打赢这场疫情防控阻击战,宁夏五指成拳合力出击:

——集中诊疗最彻底。宁夏在全区确定27家医疗救治定点医院,并将确诊病例全部收治在宁夏第四人民医院,集中优质医疗资源全力救治。

——专家组团齐发力。重症医学、呼吸内科、影像诊断、中医药学等多方面专家,分别组建了诊疗专家组和疑似病例筛查专家组。

——精准分型巧施治。"我们制定了轻型、普通型、重型、危重型患者的临床路径,减少和避免医疗行为差异,确保患者得到标准化诊疗。"高小芳说,这有利于临床诊断早干预、早治疗,避免患者由轻症拖延成重症。

——心理干预有保障。在治疗过程中,宁夏及时增加了心身医学科专家定期参与查房,提前进行适当的心理指导干预,帮助患者减轻恐惧,保持心情愉悦。

——中医全程添助力。周玮说,中医专家对确诊病例会诊救治的参与率达98.6%,中医药对减轻患者临床症状,降低轻症变成重症、危重症的发生率及提高治愈率发挥了积极作用。

科学决策稳护航

在这场同时间赛跑、与病魔较量的抗疫中,宁夏卫生系统6万多名医疗卫生专业人员在一线冲锋陷阵,功不可没;而自治区党委和政府的果断决策、全面部署、政策配套则为抗疫保驾护航。

1月14日，全国卫生健康系统电视电话会议召开后，宁夏迅速制订"严防输入"的防控策略。

1月22日，首例病例确诊后，宁夏立即启动突发公共卫生事件Ⅳ级应急响应，"主动搜索防输入、控制源头防扩散、集中救治防死亡"。

1月25日，针对确诊病例增多趋势，宁夏启动重大突发公共卫生事件Ⅰ级应急响应，调整防控策略为"围点控源、精准排查、果断隔离、早诊早治、彻底消毒"。

2月26日，随着疫情缓解，全区采取分区分级差异化防控，在低风险地区"外防输入、阻断传播"，在中风险地区"外防输入、内防扩散、围点控源"，有序恢复正常生产生活秩序……

此外，及时启动临时特殊医保政策，宁夏累计为各级医疗机构拨付医保资金1.7亿元，对新冠肺炎疑似病例、确诊病例实施免费治疗。为确保患者应收尽收、应治尽治，宁夏在确定首批4家自治区定点医院外，还在全区所有乡镇卫生院、社区卫生服务机构设立了预检分诊，并公布了72家设置发热门诊的医疗机构名单；用15天加速完成宁夏第四人民医院扩建项目，新增床位150余张。

"四个零"目标的实现，为疫情防控阶段性胜利添加了一个真实注脚，但疫情防控仍未到松劲的时候。"目前输入型风险依然存在，诊疗专家组接下来会原地休整，随时待命。"周玮说。

（原载2020年3月17日新华社客户端　任　玮　谢建雯）

夜访宁夏抗疫指挥部

"进度还是要往前盯一盯""这个病例的描述前后逻辑需要厘清""满足这些条件就必须居家隔离"……

虽已是晚上7时多,但当记者来到宁夏回族自治区政府办公大楼五楼后,映入眼帘的仍是一派忙碌景象。刚刚走出电梯,记者还没完全看清电梯口的新冠肺炎疫情防治宣传海报,此起彼伏的交谈声、脚步声就已入耳。

这里是宁夏应对新冠肺炎疫情工作指挥部。当前,疫情防控正处于关键期,围绕"防、控、治、保"各环节,全区上下一盘棋、一条心,全面动员、全面部署、全面加强。

紧抓疫情防控的同时,复工复产也进入关键节点。记者夜访宁夏抗疫指挥部，在了解宁夏抗疫"硬核"举措的同时，也感受到了宁夏大地复工复产、春耕备耕的春意。

"防控弦"一刻不松

循声走进指挥部办公室信息组房间，董军强正在和同事一起讨论一份文件的措辞。他所在的组，主要负责新冠肺炎确诊病例、疑似病例和密切接触者等的信息统计工作。

疫情猝然发生，自治区党委和政府果断决策、紧急部署，第一时间成立宁夏应对新冠肺炎疫情工作指挥部，下设1个办公室和疫情防控及医疗救治保障组、防控物资及生产生活保障组、学校工作组等7个工作组，40多名工作人员集中办公。

疫情防控之初，自治区党委和政府就下达"确保不发生二代病例、不发生医护人员感染病例、不发生死亡病例"的明确指令。

当前，宁夏疫情呈小幅增长态势，董军强和同事们的"防控弦"一刻也不敢放松，密切关注着统计数据中的每一个细小变化。

"从除夕那天我进入这栋大楼，至今就出去过两次。我们的数据要向社会公开，丝毫不能马虎。"与记者对话时，董军强的眼睛也始终没离开电脑屏幕。

围点控源，坚持"集中患者、集中专家、集中资源、集中救治"的原则，率先启动临时特殊医保政策，实施一人一策精准免费诊疗，对疑似病例全面摸清底数、全面建立台账、全面进行隔离，心理卫生干预提前介入……

指挥部工作人员对宁夏采取的针对性举措如数家珍，作为西部欠发达地区，宁夏虽医疗资源有限、医疗物资紧张，但在此次新冠肺炎疫情防控中，确诊患者治愈率居全国前列。

"现在咱们是人盯货，这批物资要盯好，有问题及时跟我说……"防控物资及生产生活保障组的李怀马放下手机，疲惫的脸上露出笑容，因忧心防控物资紧缺，他已多日没睡过踏实觉。

目前，医疗防控人力和物力资源并不宽裕的宁夏，已累计派出4批医疗队奔赴湖北。宁夏目前没有一家医用口罩生产厂家，还是坚持在从外省筹集来的物资中，优先为医疗队配备了一批口罩、防护服、护目镜等紧缺防疫用品；作为疫情应对"一省包一市"中为数不多的西北省区，与辽宁一起对口援助湖北襄阳；紧急组织20车550吨生活物资援助湖北……尽管疫情防控物资紧缺，但宁夏驰援湖北毫不含糊。

社区防控是关键

趁着说话的工夫，李怀马把手机充上电，随后快速扒拉了两口臊子面，这是他当晚的工作餐。疫情防控物资调运星夜兼程，李怀马的手机必须保持24小时开机。

"不管多晚到家，临睡前，爱人都会提醒我手机要及时充电，生怕自动关机漏接电话。"李怀马说，他爱人最近正在宁夏银川市参与入户调查摸排，两口子是"一个战壕里的战友"。

和李怀马的爱人一样，宁夏一大批党政机关、企事业单位、群团组织工作人员和志愿者、基层群众已快速投入这场全民防疫中。

银川市金凤区锻造了一条集党员干部、医护人员、基干民兵、警务人员、环卫工人为一体的抗疫"五色链",确保抗疫无死角;在石嘴山市大武口区,800余名机关党员和职工全部下沉到社区网格,充实基层防控力量;吴忠市、固原市驻村第一书记全部停止了春节休假,返回村庄投入到疫情防控工作中;中卫市由市级领导包抓43个社区,县领导包村,逐户开展大普查、大排查……疫情防控之初,宁夏就着手部署在全区范围内开展入户排查和信息登记,以村委会和居委会为重点,实施网格化管理。

社区防控措施是否落实到位?正月初一上午,自治区党委和政府主要负责同志就到居民小区暗访督查。

"疫情防控工作是怎么开展的?""对出入人员是怎么登记的?"对社区防控工作进行深入调研,事无巨细,发现问题,紧盯整改,并在正月初四再次对某社区的疫情防控进行了"回头看"。

与此同时,卫健、财政、农业农村、商务等部门各司其职,疫情防控网络中,每个单位就是一个战斗堡垒,人人都是战斗员。

夜色已深,指挥部办公室专业协调组的工作人员仍然神情专注地工作着。"指挥部是抗疫中枢,我们必须高效运转,因为这里慢一点,下面就要慢好几点。"胡爱国说。

寒冬虽在 春意渐近

从胡爱国办公室出来已是晚上10时30分,之前脚步声、交谈声不断的走廊安静了不少。"在不影响疫情防控的前提下,要尽早复工""你们复工一定先要做好防护"……楼道里,记者仍能听到李怀马与复工企业的交谈声。

疫情要防控，生产要发展。企业复工复产、农村春耕备耕正在全力推进中。

近期，宁夏工业和信息化厅共向金融机构推荐13家企业2.75亿元融资需求，推动解决疫情防控必需品生产企业的资金压力；宁夏科学技术厅、生产力促进中心进一步改进和完善相关工作流程，为各类科技企业提供"无纸化"网上办理服务……

宁夏五市也积极行动，确保疫情防控与生产发展统筹推进：银川经济技术开发区100多家企业陆续抓紧复工，其中规上企业50家，涉及职工1.6万人；石嘴山高新区55家规上企业中，已有39家正式生产，开工率达71%；吴忠市已复工或正常生产的规上企业达141家，复工返厂人数1.1万余人；固原市正围绕"转、调、谋、争"工作思路，及早做好项目谋划工作，积极争取水库联蓄联调、山水林田湖草综合治理等项目；中卫市积极谋划，梳理出一季度计划开复工项目104个，项目总投资583.5亿元。

"国家划拨的疫情防控物资最近到了一些，我们也从区外协调采购了几批，区内企业也在扩大产能，这两天我心里踏实多了。"李怀马说。

农时不等人，高标准、高质量完成春耕春播，不仅关乎"菜篮子""米袋子"，更与群众尤其是贫困地区群众"钱袋子"密切相关。当前在确保疫情防控的前提下，宁夏多措并举储备化肥、种子等春播物资和农机具，确保相关工作有序展开。

立春节气刚过，在吴忠市红寺堡区大河乡龙源村的枸杞种植基地，村民们正忙着进行枸杞的剪枝工作。与往年不同的是，今年大家在干农活时都自觉戴上了口罩。

固原市原州区是宁夏冷凉蔬菜主产区，也是脱贫攻坚主战场。目前，原州区农业农村局已积极组织种植企业及农户开展蔬菜种苗繁育订购，目前已完成订购各种蔬菜苗3560万株。

时近午夜，从抗疫指挥部到设施农业园区，从疫情防控一线到厂矿车间，采访本记录着的一个个忙碌身影，让记者嗅到了宁夏大地弥漫着的早春气息。

（原载2020年2月16日《瞭望》 王 磊 曹 健 何晨阳）

固原：驻村第一书记投身"两线作战" 战"疫"不松劲 战"贫"不停步

"没想到杨书记在这个特殊时期还上门给我出主意，我心里别提多暖了。"固原市西吉县沙沟乡阳庄村村民马成喜笑颜开。

可就在前几天，马成还是满脸愁容。"本想今年加把劲多赚点钱，现在看来，这牛怕也养不成了！"马成一家5口人，整天围着5亩玉米地和3头牛打转，本来年收入2万元的日子也算过得去，但是受新冠肺炎疫情影响，交易市场关门了，牛也没有了销路，马成有点儿担心再过回苦日子。

正当马成干着急的时候，宁夏全面开展"四查四补"，西吉县沙沟乡阳庄村第一书记杨文智和村委会干部入户排查发现短板，主动上门和他谋发展。

"村里有好事，要招一批人去福建务工。你让大儿子和儿媳妇出去闯闯。家里的牛和地，你老两口管就行了嘛！"听完马成的"忧心事"，杨文智盘腿坐在炕上，和马成唠了起来。

"那可不成，他俩都没出过远门，也没啥文化，出去能干个啥？"马成听罢，连连挥手拒绝。

杨文智并没有气馁，扳起手指头给马老汉算起账来。"你看，去福建务工，咱政府可是有补贴的。干满6个月就能拿到18000元补助，还包吃住。除此之外，每个月还能拿到四五千元的工资。光这些，你算算，一个人半年下来能拿到多少钱？"

马成一听，也掰着手指头算。当即把大儿子马立立和儿媳妇叫到跟前，征得他们同意后报了名。

面对新冠肺炎疫情对农村劳务输出工作的影响，阳庄村驻村工作队与村"两委"精准施策，动态实时掌握春节返乡人员务工需求和就业意愿，多渠道加大宣传力度，主动跟进对接相关部门和企业，变疫情之"危"为劳务输出之"机"。截至目前，该村相继组织两批共36名劳动力赴福建、浙江等地的企业务工，有效解决了疫情期间劳动力转移就业难题，为实现建档立卡贫困户就业增收打下良好基础。

2020年是脱贫攻坚战收官之年，未攻克战场都是贫中之贫、困中之困，是最难啃的硬骨头。固原是宁夏脱贫攻坚主战场，西吉县是宁夏最后一个脱贫摘帽的县区，也是宁夏打赢脱贫攻坚战的关键。面对战"疫"与战"贫"的双重考验，固原市委组织部制定了第一书记和驻村工作队疫情防控工作任务清单，明确"七项任务"，固原市794名第一书记和1495名驻村工作队员提前结束春节假期，奔赴贫困乡村返岗上"疫"线，扛起责任、挑起大梁，履行"六员"职责，落实"七项任务"，既当疫情防控尖兵，又做脱贫攻坚战将，在两个战场日夜奋战。

"做老百姓的工作，说难也不难，靠的就是心贴心。"对于扶贫，杨文智有一套自己的方法。翻看杨文智的朋友圈，几乎全是与驻村扶贫有关的内容，一封封几十字的书信，没有空话、虚话，全都透着他对乡亲们的关心，对扶贫工作的满腔热忱。

2018年5月，杨文智服从组织安排，义无反顾地踏上了扶贫的征途。进村没几个月，他便熟练掌握入户技巧：一看住房二看水，看完余粮看牛羊，户口医保是否有，再看家里读书郎。

杨文智在扶贫笔记中这样写道：对于贫困地区的扶贫，关键还是在帮扶方式。真正要让贫困地区脱贫致富，只有精神面貌改造、基础设施改善、项目扶持三措并举，才能真正让贫困地区走上自我良性循环发展之路。

在杨文智和队友们的不懈努力下，2018年阳庄村被列为西吉县养牛示范村。2019年他们继续大力倡导发展养殖业，同年通过市、县、乡有关部门多次复核复验，阳庄村新增牛犊215头，新增产值260万元，养殖户户均增收1.8万元。截至目前，阳庄村累计脱贫155户794人，未脱贫1户1人，贫困发生率为0.06%，符合全村脱贫出列各项指标。

春光不等人，战"贫"靠苦干。面对这场没有硝烟的战争，像杨文智这样的驻村第一书记纷纷涌现。他们不仅成为基层战"疫"的主心骨，还坚持脱贫帮扶不断档。

目前，宁夏全面开展"四查四补"，驻村第一书记和队员在认真整改脱贫攻坚"回头看"排查问题的基础上，积极开展查损补失、查漏补缺、查短补齐、查弱补强工作，帮助群众把疫情耽误的时间"抢"回来，把疫情造成的损失"夺"回来。

在西吉县硝河乡新庄村，驻村第一书记王元明第一时间联系相关厂家集中采购了化肥、玉米种子、农药，解决了村民因疫情无法自行购买相关物资的困难，同时，还给贫困户提供扶贫金融贷款的政策咨询，对接银行为非贫困村民办理贷款。

"你指哪里，我们就走到哪。跟着你，我们心里踏实。咱们脱贫外力有，但致富还要靠自个儿。"排查过程中，村民对王元明说的这番话令他感慨。平整畅通的村道、自来水入户全覆盖、全村通广播电视全覆盖、校舍改建成崭新敞亮的砖房……脱贫致富不仅是收入增加，村子里的方方面面也发生了翻天覆地的变化，王元明带领村民取得了实打实的成绩，让村民们打心底里信任他。

"村民们看到抗击疫情中涌现的'逆行者'，深切感受到咱们国家从上到下的凝聚力，我们对于战胜疫情和打赢脱贫攻坚战都非常有信心。下一步，我们将推广优质玉米种子，并利用补贴鼓励村民优化肉牛品种，继续发展壮大草畜产业，提质增效。"对于新庄村未来的脱贫路，王元明信心满满。

据介绍，宁夏挂牌督战范围包括西吉县和其他县区的80个村，其中西吉县是国家挂牌督战的对象，也是自治区督战的对象。脱贫攻坚任务能否高质量完成，关键在人，脱贫攻坚越到最后越要加强和完善党的领导。为此，自治区党委组织部第一时间下发通知，明确提出"七项工作要求",要求广大驻村第一书记和工作队队员认真履行宣传员、排查员、协调员、引导员、信息员、帮扶员"六员"职责,全力以赴打好所在镇、村疫情防控阻击战。他们投身战"疫"战"贫"第一线,在坚决打赢疫情防控和脱贫攻坚"两场硬仗"中,展现了应有的责任与担当。

这些驻村书记用信念和力量"逆向而行",用"初心"书写"守护"故事。他们舍小家顾大家、冲在前干在前,在"疫"线用行动践行初心和使命,他们有着共同的身份——共产党员。

(原载2020年3月25日人民网　贾　茹　赵茉钰)

宁夏政法干警分级防控打好战"疫"下半场

"这是三色管理制度,三种颜色代表三种人员分类,通过在单元楼门口张贴单元楼管控牌,不仅方便我们工作,也能够提醒群众。"3月18日,宁夏回族自治区吴忠市公安局出入境管理处副处长金玉峰在利通区星河嘉城小区门口向小区保安讲解。

作为吴忠市公安局机关下沉支援抗疫一线的50名民警中的一员,金玉峰的工作重心已转移到分区分级防控、加快复工复产上来。目前,宁夏全区疫情高峰已经回落,防控形势积极向好,但疫情防控任务依然艰巨繁重,境内外人员流动和聚集增加带来的疫情传播风险依然存在。对此,冲在抗疫一线的宁夏政法干警也适时作出调整,努力打好疫情防控的下半场战役。

守住境外输入病例防线

3月16日,记者走进银川河东机场出站大厅,只见大厅内区域规划合理,各岗位工作人员身穿防护服,戴着护目镜、口罩,高效工作。

"现在,机场火车站成了抗击疫情最重要的战场,主要防止境外输入病例。"河东机场吴忠工作组成员、吴忠市公安局刑侦支队大要案侦查大队大队长顾志强告诉记者。

就在几天前,中宁县公安局发布警情通报,中宁县确诊新冠肺炎患者丁某某于2月下旬自伊朗返回国内。经查,丁某某入境时涉嫌违反《中华人民共和国刑法》《中华人民共和国国境卫生检疫法》的情形,公安机关以涉嫌妨害国境卫生检疫罪予以立案。这也是宁夏首例境外输入病例患者被立案调查。

宁夏公安厅副厅长陈加先告诉记者,为了有效应对疫情输入风险,宁夏公安厅一方面与海关、边防检查、铁路、民航、公路客运等部门建立联防联控机制,结合公安部、国家移民管理局推送的数据,关注宁夏籍出境人员情况和常住外国人入出境情况,进行大数据分析研判,为有针对性地进行疫情排查防控提供信息支持;另一方面,加强信息获知,通过驻外使领馆,提前了解疫情严重国家留学生、务工人员的回国意愿,有针对性地提前做好工作预案。

截至目前,宁夏全区各级公安出入境办证服务大厅广泛宣传,告知申请人减少不必要的出行,累计推送540余次疫情防控期间政策信息及各国入境限制措施等信息,居民受众7万余人次、外国人受众1400余人次,答复群众咨询661人次,减少出国人数,防止潜在输入风险。

启动复工复产快进键

进入3月,宁夏按下了全面复工复产"快进键"。其中,总能看到政法干警的身影。

"您好,请先量一下体温,再登记一下信息。"3月16日,青铜峡市人民检察院干警付卫燕正在工业园区的管委会园区卡点参与疫情防控执勤工作。自疫情防控工作开展以来,付卫燕和她的同事一直坚守在青铜峡工业园区的疫情防控卡点。青铜峡市检察院先后派出30多名检察干警奔赴工业园区进驻企业。

针对企业复工复产面临的困难和问题,干警们深入企业检查调研,立足检察工作职能宣传党中央相关政策和检察机关司法政策,为企业复工复产提供司法服务与保障。对企业疫情防控工作中存在的突出问题,进一步加强督促落实整改。近日,园区一公司职工餐厅、宿舍重点区域存在安全隐患被自治区督导组通报,驻守干警立即督促企业连夜对餐厅进行装修改造,对宿舍楼道进行彻底清洗,整改落实工作得到督导组复查肯定。

陈加先告诉记者,近期,宁夏公安厅党委研究制定了一系列具体措施,积极帮助企业复工复产。面向企业及重大建设项目,加强"宁警通"平台推广应用,积极推行"不见面"审批。确需现场办理的,开辟绿色通道,推行"特事特办、容缺受理、告知承诺、即办理即走",确保最短时间最高效率完成事项办理。选派民警担任内部治安保卫工作"联络员",完善安全保卫制度,指导做好疫情防控期间教育培训,协助排查整改安全隐患,维护良好生产经营秩序。

截至3月15日,宁夏全区开发区企业复工率由2月19日的21.9%

回升至82.7%，人员返岗率由50.5%回升至81.4%。其中，开发区内规模以上企业复工率由52.9%回升至94.3%，有16个开发区规模以上企业复工率超过90%。

为打赢阻击战提供法治保障

疫情防控工作必须在法治轨道上进行。

3月17日，在宁夏司法行政工作视频会议上，宁夏司法厅党组书记、厅长冯自保针对当前疫情防控作出工作部署：认真贯彻落实自治区党委全面依法治区委员会《关于依法防控新冠肺炎疫情 切实保障人民群众生命健康安全的实施意见》，切实推进依法防控、科学防控、联防联控；持续关注国家修改野生动物保护法的相关信息，做好《自治区野生动物保护实施办法（修订草案）》立法调研论证工作；做好备案审查工作，全面清理疫情防控涉及的规章、行政规范性文件；强化执法监督，对群众和企业反映强烈的不作为、乱作为、简单粗暴以及过度执法等问题，建立完善举报投诉处理机制，及时转送有关执法机关进行处理；积极化解涉及企业复工复产及职工社会保险费征收等行政复议案件，切实维护企业和职工合法权益。

宁夏高级人民法院副院长李帆告诉记者，疫情发生以来，宁夏高院联合自治区检察院、公安厅、司法厅发布《依法严惩妨害新型冠状病毒肺炎疫情防控刑事犯罪的通告》《关于依法办理妨害新冠肺炎疫情防控刑事犯罪案件的若干意见》，指导各中基层法院依法严惩利用疫情制假售假等违法犯罪行为，快立快审快结医疗损害责任纠纷等与人民群众日常生产生活息息相关的案件，支持监督行政机关依法全面实施疫情防控措施,为打赢疫情防控阻击战提供坚强有力的司法服务和保障。截至目前,全区法院共受理涉疫情防控刑事犯罪案件13起13人,一审宣判6件6人,为疫情防控期间经济社会大局稳定作出积极贡献。

(原载2020年3月28日《法制日报》 申 东 王志刚)

满天繁星照亮抗疫路
——宁夏战"疫"志愿者速写

疫情当前,他们迅速投身防疫一线,志愿服务抗疫大局无怨无悔;将自身所长融入抗疫战场,他们尽心尽力,发光发热。虽然年龄不同、职业各异,但在疫情面前,他们却有一个共同的名字——志愿者。

迅速响应奔一线

"1月26日早上9点左右接到通知,9点40分我们集合完毕,10点30分到达执勤点。26日至今我们一直在医院、隔离点、社区等疫情防控一线执勤。"在银川市一个因有确诊患者而封闭管理的社区里,参与抗疫志愿服务的退役军人丑环宇说,哪里有需要,他们就去哪里,响应时间从不超过半小时。

疫情来临时，宁夏万千志愿者迅速投身防疫一线。1月30日，中卫市海原县高崖乡联合村党支部收到了一份摁有红手印的请战书，当地的泥瓦工李玉海向乡党委请求前往武汉支援抗疫。

"我不是医生，没有什么高明的医术，我就是一名泥瓦工，去武汉尽一些个人的力量。"李玉海说，自己并非一时兴起，书写请战书前已征得家人同意，愿意为抗击疫情做力所能及的事。

疫情牵动万千人心，各党政机关、事业单位迅速集结志愿力量，奔赴疫情防控一线。"民政厅作为牵头城乡社区疫情防控的职能部门，全体党员干部在社区防控一线亮身份、见行动、作贡献。要成为社区联防联控、群防群治的重要力量。"自治区民政厅党组书记、厅长妥永苍说，民政厅组建"百人志愿服务队"下沉社区，到银川的84个小区参与抗疫。

志愿服务无怨言

1月26日起，银川市金凤区团委书记杨晗就带着几名青年志愿者走街入户，他们每天工作10小时以上，午餐、晚餐只能吃泡面、盒饭，还经常两餐并作一餐。"一天下来，手机步数计数有好几万。"

疫情防控期间，无数志愿者任劳任怨毫无怨言。据自治区团委介绍，全区各级团组织500余名党员、团干部，在各级党委和政府的统一指挥下，就近向所在社区（村）报到；1000余名已通过岗前培训的青年防疫志愿者在当地疫情防控指挥部的统一指挥下，投身社区、火车站等防控一线。

"群众需要我们做什么，我们就做什么。"宁夏德坤环保科技实业集团有限公司工会主席刘胜尧说,为更好服务疫情防控期间复工复产,他准备了全套理发工具,为一线职工当起了义务"理发师"。

集智聚力发光热

"亭子里晒太阳的爷爷奶奶们,快回去吧,别在外面转悠了。""那边两个帅哥,快戴上口罩。""打篮球的小朋友们,戴上口罩,快回家去。"疫情防控期间,银川市西夏区一小区上空每天都会有一架无人机盘旋,将"贴心话"送到群众耳畔。无人机操控手——宁夏地质局职工、志愿者杨超说,小区面积大,居民有一万余人,步行转一圈需要一个多小时,通过无人机可以大大提升基层防疫效率。

志愿者们各显所长,将专业知识融入了抗疫战场。宁夏司法厅组织协调多方力量,通过媒体网络将法律知识送到大众身边。宁夏宁人律师事务所律师王秉说:"不配合防疫措施、囤积居奇等违法犯罪行为是疫情期间群众较为关心的法律问题,我们尽可能地给群众讲懂讲透。"

为做好疫情防控期间群众心理疏导工作,自治区政协委员、银川市春熙社会工作发展服务中心的创办人曾秀平响应政协动员令号召,在线上组建了"心系社区,守望相助"心理援助公益项目,团队由社工和咨询师组成,免费提供心理咨询服务。她说:"立足本职岗位,充分发挥自身优势,为抗击疫情贡献力量,是我们政协委员应该做的。"

(原载2020年3月8日新华网 杨稳玺)

在防疫阻击战中擦亮警徽
——宁夏公安民警防疫一线速写

疫情面前,警察向前。公安队伍,是疫情防控中一支极其重要的力量。从新冠肺炎疫情防控阻击战打响的那一刻开始,宁夏全区1.5万名公安民警和辅警闻令而动,日夜奋战。坚守卡点,维护治安,入户排查,打击犯罪,一支支公安突击队扛起千钧重担,一抹抹"逆行"的"警服蓝"闪耀在抗疫一线。

请战声声嘹亮 "逆行"步步铿锵

防疫阻击战打响后,自治区公安厅及时启动战时指挥调度一级响应机制和二级勤务响应机制,全区公安全警动员、全员参战、全力以赴抗疫。

"最难熬的后半夜我上。"在宁夏的北大门石嘴山市惠农区麻黄沟防疫卡点,老民警王金枝这样主动请缨。1月25日,根据防控需求,宁夏、内蒙古边界的麻黄沟要设立防疫检查卡点。58岁的石嘴山市公安局交通警察分局七大队民警王金枝得知后,第一时间报名要求去卡点执勤。考虑到他年龄大、面临退休,儿子也在医院急诊科接诊,大队安排他留队值守。"看不起年龄大的人?我身体好着呢,比年轻人还能熬夜。"王金枝硬是挤到执勤队伍中来。

有人即将退休,有人初为人父。固原市原州区公安分局北塬派出所警务人员李帅的妻子预产期临近,他却每天忙着在社区警务室排查人员,宣传防疫知识。担心自己接触人员多,风险大,他把待产的妻子送回了岳母家。2月10日,正在社区核查外地人员时,李帅接到妻子即将生产的消息。当天请了一晚上假到医院陪产完毕,第二天李帅将妻子和孩子托付给家人后,又返回了工作岗位。

哪里有需要,就向哪里集结,哪里有考验,就向哪里挺进!为了对全区疫情防控工作提供精准的数据支撑,宁夏在全区开展了逐人逐户的入户摸排筛查工作。这项限时完成的艰巨任务落到了基层派出所肩上。银川市金凤区长城中路派出所禁毒专干高婷负责南苑片区26个老旧小区的入户排查工作,这些老旧小区没有一栋楼有电梯,高婷就靠着一双腿爬上爬下。"手机上记录的步数每天都在1万步以上。"高婷说。

据自治区公安厅统计,在疫情防控阻击战中,全区公安系统中共有357对警医家庭、283个双警家庭并肩奋战,29个家庭一家三口共同抗疫,92名即将退休的老民警坚守一线,49对计划结婚的新人推迟婚期。

高科技助力防疫　出重拳严惩犯罪

向科技要警力,向科技要战斗力,宁夏公安部门近年来大力推动大数据智能化公安建设。"互联网+公安"政务服务、移动警务、雪亮工程等一批高科技成果在此次疫情防控中发挥了重要作用。

中卫市黄河桥高速公路疫情防控检查站是进入中卫唯一的高速路口,也是当地利用高科技手段助力疫情防控工作的站点。在中卫市黄河桥高速公路疫情防控检查站,记者看到入城车辆有序进行消毒,旅客进入体温监测中心后,先接受热成像体温监测,体温正常后根据个人需求选择省内或省外通道。

中卫市公安局旅游分局治安巡逻大队负责人苏鹏告诉记者,自疫情防控工作开展以来,此站点是全市经过车辆和驾乘人员最多的站点,每日需投入检疫人员100余人次,因其工作量大,站点最先投入热成像体温监测、车辆抓拍、移动警务终端等技术。

据自治区公安厅科信局统计,宁夏公安通过对17类大数据进行关联碰撞筛查,精准查询人、车行为与活动轨迹,在疫情防控工作中为基层民警、各警种提供强大的数据支撑,目前已累计查询各类数据1000余万条。

疫情防控期间,各类谣言不断传播,妨碍疫情防控的违法行为和制造贩售假冒伪劣防疫物资、借机诈骗等案件时有发生。宁夏各地公安机关及时亮剑,严厉打击各类违法犯罪行为。

2月17日,红寺堡区公安分局民警接到辖区群众张某报警,称其通过微信购买口罩被人骗去17.7万元。红寺堡区公安分局迅速组织精干警力对案件进行攻坚侦破。参战民警经过24小时的连续奋战，通过对涉案资金流向追查，与相关省市类似案件进行研判串并，成功锁定犯罪嫌疑人李某某，并于2月18日晚在同心县河西镇将其抓获。截至目前，宁夏公安已经侦办涉疫情类诈骗案件19起。

护航防疫物资　助力复工复产

远赴山东，南下荆楚，防疫期间，公路运输没有往日通畅、便利。宁夏公安在防疫物资运输、援助湖北物资运输等重要物资运输任务中，全程跟随"押车"往返，确保物资安全、及时到达目的地。

因疫情防控需要，宁夏决定在15天时间内完成原定于5月底才完工的自治区第四人民医院扩建工程。工期紧迫，施工方宁夏建工集团有限公司要从山东省淄博市张店区运回急需的建筑物资，但沿途各省区的防控卡点让这趟行程充满不确定性。自治区公安厅交管局第一时间选派4名民警组成交通保障组，连夜与沿途四省区交管部门进行对接，拟定往返行程预案，全程领航护送。

4名民警轮流驾车，不停不歇，52个小时的争分夺秒，2600公里的全力护航，这批建筑物资最终被安全运抵银川，确保了医院如期建成投入使用。

随着疫情逐渐得到控制，复工复产成为各地的当务之急。宁夏公安机关精准施策、精细服务，助力企业跑出复工复产"加速度"。2月15日以来，石嘴山市公安局坚持一手抓疫情防控，一手抓企业开复工，通过实施"项目警官"、简化网上审批手续、开辟绿色通道、严打盗窃企业行为等措施,为全市企业提速开复工打下良好基础。

石嘴山市惠农区一公司向政府提出更改生产线,生产防疫急需的次氯酸钠原液。然而因为疫情防控,企业员工无法到岗生产。辖区"项目警官"刘岩得知后,马上为企业提供专属服务。当天晚上,公安机关就联合疾控部门对企业的28名员工进行集中核验,排除疫情风险后,安排专车将工人接到了厂区。

"公安机关将全力以赴做好返程高峰期车辆通行排查登记、体温监测等各项疫情防控措施。确保交通通畅,提高通行效率,确保交通运输网络不断、应急运输绿色通道不断、必要的群众生产生活物资运输通道不断,在有效防控疫情的同时促进有序复工复产。"自治区副主席、公安厅厅长杨东说。

(原载2020年3月3日新华网　张　亮)

打赢抗疫脱贫两场攻坚战
宁夏固原政法机关"双线作战"显身手

宁夏回族自治区固原市西吉县吉强镇前咀村四组村民张强做梦都没有想到，他和妻子二人平生第一次坐飞机，竟然是打着"飞的"去福建打工。因放心不下家里老人和孩子而错过固原市组织赴外省企业务工人员复工复产报名时间的张强夫妇，最终在固原市公安局驻前咀村扶贫工作组第一书记、市局特警支队一大队副大队长张琳的帮助下获得了这次去福建的务工机会。同机还有142名来自西吉县和原州区的老乡，他们带着当地开具的介绍信、健康证，点对点到福建企业务工。

在宁夏9个国家级贫困县区中固原就有5个，已经有4个如期实现脱贫。为打赢脱贫攻坚战，固原坚持统筹推进疫情防控和经济社会发展，与福建、浙江等地用工企业积极对接，开展"点对点、一站式"有组织转移就业，应对疫情对群众务工、就业、工作的影响，力求把疫情带来的损失降到最低。

政法委员冲在抗疫一线

西吉县是宁夏贫困面最大、贫困人口最多、贫困程度最深的一个县，也是宁夏最后一个尚未脱贫的县。"我们村离县城近，劳务收入占人均纯收入比重大，村里就剩2户9人没脱贫了，本来压力不大，现在就是担心疫情会影响脱贫工作，所以工作要做在前面。"张琳说。

像张琳这样的驻村第一书记不仅承担着扶贫攻坚的重任，还积极投身疫情防控一线。

2015年，泾源县委政法委办公室主任郭磊被选调到泾河源镇马家村担任驻村第一书记。经过5年的不懈努力，马家村2019年实现全部脱贫，贫困发生率从2014年以前的31.06%降为零。

疫情发生以来，郭磊第一时间组织党员设立"党员示范岗"、组成志愿者服务队，全程参与防控工作，建立"村干部+党员+公益性人员+志愿者+包村干部+驻村工作队"的联防联控和分组分片网格管理机制，切实做到防控摸排不落一户、不漏一人。

冲在抗疫一线的还有固原市65名乡镇政法委员。固原市委政法委要求每名政法委员至少负责2至4个村（社区），组织党员、干部及志愿者，成立临时党支部。设立防控卡点，开展网格化、地毯式宣传摸排，做到不留空白、不留死角。

隆德县12名政法委员带领1108名政法综治干事、平安志愿者、网格员等政法综治力量,以村(社区)为单位,形成了精细化的网格管理模式,参与疫情防控人员摸排、卡点登记、法治宣传等重点工作,夯实了群防群控、联防联控、严防严控的基础。

法律服务助力复工复产

当前,像彭阳县王洼煤矿这样的企业在煤炭运输、员工返岗时如果遇到问题,彭阳县公安局都会为其开辟绿色通道,派出专班警力、警车,设立临时通行卡口,并积极完善道路卡口引导分流、快速通关等工作机制,协助企业搭建有序的复工、返岗"进门关"。

为了帮助煤矿复工复产,固原市公安局实行市、县(区)、所队三级领导分片包干制度,主动深入各分包的重点企业,现场办公帮助解决困难,助推重点项目开工建设、重点企业复工复产。同时,充分发挥公安科技信息化优势,主动调整政务服务事项办理模式,对企业、群众办理频次较高的40余项交管、户政、出入境业务,倡导并实行"网上办、自助办、预约办、延期办"等工作模式,减少聚集风险、提高服务效能。

"因疫情影响,导致合同不能履行,企业应该怎么做?""延期复工期间工资如何处理?"在固原市法律援助中心,值班律师宁夏朔北律师事务所赵师对电话咨询的企业人员一一耐心解答。

针对企业复工中的各种法律疑问,固原律师行业组建了"应对疫情律师法律服务团""党员律师先锋队",为企业提供"一对一""一对多"专项法律"体检",提出法律建议,以书面形式告知企业在具体实行过程中要注意的多种法律风险,避免可能出现的被动局面,及时纠正顾问单位复工复产期间管理不当之处，协助拟定详细、具体的管理方案，避免可能出现的法律纠纷。截至目前，固原律师行业已为30余家中小企业复工复产提供了线上线下法律咨询186次，审查合同30余份，出具法律意见建议8条，代理案件17件，有力保障了复工复产企业依法复工、稳健运行。

固原市中级人民法院出台相关措施，要求各级法院对危害疫情防控、利用疫情破坏企业复工复产和农村春耕备耕、危害社会大局稳定的犯罪行为和侵权行为，成立以各院院领导为审判长的专门合议庭，加强与其他政法机关的沟通协调，严格诉讼程序，集中力量依法快审快判，及时打击犯罪，稳妥化解矛盾。

巩固提升脱贫攻坚成果

在原州区彭堡镇姚磨村育苗大棚里，西红柿、辣椒等多种蔬菜的幼苗绿意盎然，几名村民正戴着口罩装填培养土、喷洒肥料等。"疫情防控不能大意，春耕更不能耽误，我们要抓紧完成育苗种植，保证今年的收入。"姚磨村党支部书记姚选说。

春耕不误农时，固原在做好疫情防控的前提下，积极推进春耕备耕有序开展。

彭阳县城阳乡政法委员张翔坚持疫情防控与春耕生产、脱贫攻坚相结合，紧盯春耕生产，联系村的重点项目和"四个一"林草产业示范工程，完成长城村1000亩土地流转签约工作，进一步巩固提升脱贫攻坚成果。

西吉县目前还有1575户4340人未脱贫。为全力打赢脱贫攻坚战，实现如期脱贫摘帽，西吉县将集中利用一个月时间，对全县所有群众和受疫情影响的企业开展拉网式大排查、全覆盖大起底，逐乡逐村逐户"回头看"，逐条逐项逐个"过筛子"，及时同步开展信息比对，确保在4月15日前把疫情造成的损失算清算准，把脱贫攻坚的漏洞、短板、弱项摸清摸准。

在固原市公安局帮扶的西吉县田坪乡姚庄村，这几天，驻村第一书记李继严针对受疫情影响存在返贫风险的已脱贫人口、存在致贫风险的边缘户、存在脱贫困难的未脱贫人口再次进行摸排。

春已至，六盘山这座红军长征翻越的最后一座大山已听到了春的脚步，洋溢着春的气息。再经时日，相信新冠肺炎疫情必将被战胜，固原人民也必将迎来脱贫攻坚胜利的喜讯。

（原载2020年3月23日《法制日报》 申 东 刘小强）

关键时刻见真章
——宁夏筑牢战"疫"党组织堡垒纪实

早春塞上,从北部贺兰山脚下,到南部六盘山腹地,到处是党员干部为防疫、复产奔忙的身影:老党支部书记、老党员、预备党员、入党积极分子,冲锋在防疫一线……新冠肺炎疫情发生以来,宁夏回族自治区各级组织部门积极谋划抓落实,引导广大党员干部深入基层解难题,为百姓办实事;出台暖心激励政策,为担当者撑腰,为奋斗者鼓劲。

站出来 顶上去

"彭阳县57岁的老党员海明贵背着喇叭,一路走,一路把防疫声音传遍山村""同心县新华社区党支部书记马勇,刚做完手术,就毫不犹豫返岗"……这样感人的故事在疫情防控一线屡见不鲜。宁夏各级党组织设立党员责任区、组建党员突击队，党员干部迎疫而上，关键时刻见真章。

新冠肺炎疫情发生以来，宁夏共有1.8万个党组织、30多万名党员勠力奋战在疫情防控各条战线。银川市金凤区长城中路街道办事处宝湖社区有7个居民小区6000余户居民，年前因出现一例确诊病例，隔离了37户居民。"关键时刻我不能退，带了一帮'娘子军'连轴转，送吃送喝送安慰。"声音嘶哑的宝湖社区党支部书记李红彩边忙边说。

"共产党将为人民服务的誓言放在心尖上，这是我在疫情防控工作中深刻的感受。"宁夏建发物业技术管理部副经理梁燕军在他的入党申请书上写道。疫情期间，他担负起隔离区内物业服务的重任，在工作中对党的先进性有了更深刻的认识。

"这次抗疫是对各级领导干部政治担当、领导能力、工作作风的特别考察，组织部门通过看政治素质、看驾驭能力、看担当精神等聚焦干部表现。"自治区党委组织部部务委员、干部一处处长白学贵说。

宁夏各级党组织在抗疫火线识别考验干部。对在疫情防控一线表现突出、堪当重任的优秀干部果断提拔重用；对不敢担当、作风漂浮的干部严肃问责。

两场硬仗 践行初心

固原市西吉县偏城乡曹埫村驻村第一书记席国宁，年前和驻村工作队刚刚办妥了建设扶贫车间的手续，正准备年后大干一场，却被新冠肺炎疫情打乱了工作节奏。

1月28日接到通知后，席国宁立即返岗，他所在的驻村工作队也变身为疫情防控队。"疫情防控肯定是第一位的，但脱贫攻坚工作也决不容松懈。"席国宁告诉记者，脱贫的关键在于增收，这几天正在加固扶贫车间的地基，群众外出务工事宜也在加紧协调中。

防控疫情是一场硬仗，抓复工复产、经济社会发展同样要啃硬骨头。宁夏脱贫攻坚主战场固原市提出，进一步发挥驻村工作队队员担当宣传员、排查员、协调员、引导员、信息员、帮扶员的"六员"作用，使其真正成为农村防疫、战贫的中坚力量。

在抓好农村扶贫和春耕春播工作的同时，宁夏精准施策，稳步有序推进经济恢复。上下一盘棋，宁夏明确由21位省级领导深入基层，督导23个经济技术、高新技术产业开发区等，及时反映和尽力协调解决复产有关困难；各地各部门多措并举，全力协调金融贷款、确保电力供应、畅通生产原料供应……企业的需求在哪里，群众的呼声在哪里，共产党人的身影就出现在哪里，想方设法排梗阻、解难题。

企业复工复产，员工及时安全返岗是关键。2月21日以来，银川经济技术开发区及时派出专车到固原、中卫等地，"点对点"接回企业返岗人员。"银川经济技术开发区帮扶干部还积极为企业购买防疫物资、货物运输提供帮助，减轻了企业复产稳产的压力。"宁夏小巨人机床有限公司办公室主任周东锋说。

为担当者保驾护航

"与疫魔战斗，很多逆行者的身影让人落泪。我们就是要为抗疫一线的党员干部解除后顾之忧、保驾护航,要让他们在方方面面感受到组织的温暖。"自治区党委组织部副部长刘成孝说。

为此,自治区党委组织部第一时间划拨600万元党费,用于慰问抗疫一线的医务工作者和基层党员干部,激励广大党员干部奋勇争先;支持基层党组织有力开展疫情防控,补助因患新冠肺炎而生活困难的党员、群众。

一系列"硬核"政策的出台,充分体现了对一线医护人员的尊重和关爱。

自治区党委组织部、人才办日前专门出台7项"含金量"颇高的措施,在休假天数、人才培养等方面对防疫一线医护人员给予政策倾斜。同时,对在疫情防控工作一线作出突出贡献的医护人员,防控工作经历可作为职称评审的重要业绩……

今年39岁的银川市妇幼保健院护士李婷2月5日被抽调到银川市临时急救医院后,就再没回过家。"我入党20年了,上一线时真没想太多,但组织上的关怀让我感动,有这样的坚强后盾,我对战胜疫情充满信心。"李婷说。

(原载2020年3月4日新华网　曹　健　邹欣媛)

宁夏未检观护帮教与抗疫同行

"建议教育局要求各学校在开展《空中课堂》等网络教学过程中,严格落实群主管理责任制,明确各学校在建立微信群、QQ群等班级联络群的同时,通过发送温馨提示等方式提醒家长增强防范意识……"

近日,宁夏回族自治区银川市金凤区检察院发出检察建议,针对疫情防控期间外省区发生违法犯罪分子利用《空中课堂》等网络教学平台管理漏洞,谎称是新来的班主任实施诈骗等违法犯罪活动,向有关教育部门发出检察建议。

疫情防控期间,宁夏中小学采取开通《空中课堂》、中小学网络云平台等形式落实"停课不停学"要求。虽然学校教育活动停摆,但宁夏各级检察院的未检工作(未成年人刑事检察工作)却不敢有丝毫懈怠,检察官们在积极协助村、社区开展疫情防控的同时，采取灵活多样的措施，做好疫情防控期间对涉案未成年人的观护帮教工作。

开展微信视频帮教

"你好，我是银川市西夏区检察院第三检察部的检察官余学梅，你因涉嫌盗窃，案发时未达到刑事责任年龄，未追究你的刑事责任，但你的行为反映出你的法治意识淡薄。受银川市检察院的委托，现由我院对你开展观护帮教工作。"3月18日，正在家里上网课的小宇（化名）收到余学梅发来的短信。余学梅明确告知小宇，疫情期间由她通过微信视频对小宇进行一对一帮教。

针对疫情防控需要，西夏区检察院调整以往帮教方式，将面谈、回访等面对面帮教改为"互联网+"帮教模式。通过微信公众号、线上法治视频课、电话视频等方式了解观护对象疫情防控期间日常情况。

当天，余学梅给小宇上了一堂主题为《尊崇法律，做社会主义法治建设的捍卫者》的专题法治课。课后，余学梅鼓励小宇加强法律知识学习，提升法治意识，决不能再次触碰法律红线，做一名遵纪守法的好少年，并提醒小宇要做好自我防护。

3月16日，灵武市检察院未检《空中课堂》开课。视频中，灵武市未检工作室的检察官化身"小敏姐姐"，和同学们一起聊抗疫期间发生的法治故事，让同学们知道哪些事情必须做、哪些事情不能做。鼓励同学们与家人一起安心宅家，共抗疫情。

贫困留守儿童圆梦

中卫市开通《空中课堂》后，沙坡头区检察院的工作人员敏锐地意识到，辖区有些留守儿童因家庭困难不具备上网课条件，于是对辖区留守儿童家庭情况进行了大摸底，尤其对留守儿童是否存在监护人或家庭成员被隔离，自己无人照看的情况进行了重点摸排。结果发现，沙坡头辖区共有27759名中小学生，其中留守儿童325名，他们生活起居均有人照料。但截至2月9日，有58名儿童不具备网上听课条件，其中23名因家庭条件实在太困难，家里没有电脑、电视、电话，有些家庭虽然有电视却没有信号，根本无法上网课。

怎么办？沙坡头区检察院工作人员的想法是，无论如何都不能耽误孩子正常听课学习。为此，他们一方面与移动、电信等运营商沟通联系，为其中13名困境留守儿童解决了因电视、手机无信号或网速不佳无法学习的难题；另一方面，他们通过未成年人综合保护平台，向中卫市红十字会移送救助线索，并通过平台发出社会联合保护救助倡议书。在社会爱心人士的帮助下，23名留守儿童走进了《空中课堂》。

与此同时，沙坡头区检察院工作人员还开通了留守儿童心理救助热线，在特殊时期，为留守儿童及家长提供心理疏导和咨询，为他们顺利渡过难关提供帮助。

针对学生上网课易发生的风险，银川市金凤区检察院建议教育局要求各学校在开展《空中课堂》等网络教学过程中严格落实群主管理责任制，明确各学校在建立微信群、QQ群等班级联络群的同时，通过发送温馨提示等方式提醒家长增强防范意识，在进群时如果发现有需交纳费用等异常情况时，应向班主任或相关负责人核实相关情况，并保存证据，及时报警。对确需通过网上支付的合规收费事项，要严格规范信息确认程序，提醒家长和学生在与班主任确认后再交费，不可盲目网上支付；要求各学校在注册网络课程时，妥善保管收集到的家长及学生个人信息，杜绝出现非法泄露公民个人信息的情况。

金凤区教育局收到检察员工作人员建议后高度重视，迅速要求各中小学校开展自查，并向家长发出提醒告知。

展现暖暖未检温度

对于未成年人法定代理人和辩护人不能到场的情况，银川市兴庆区检察院未检检察官充分考虑疫情期间人员流动、见面交谈的潜在风险，严格落实防控、办案要求，将办案变为"线下+线上"双模式，保障涉案未成年人合法权益。

日前，该院检察官依托远程视频技术，对涉案未成年人张某进行远程提审，后又连线辩护人、法定代理人，在各方"在场"的情况下同步视频，详细向张某解释《认罪认罚从宽制度告知书》《认罪认罚具结书》的相关内容，以确保各方能够完全理解认罪认罚制度，最终涉案未成年人表示认罪认罚。

兴庆区未检检察官在办案时还不忘亲情教育，通过连线涉案未成年人法定代理人开展亲情会见，进行亲情感化。视频的这头是父亲对孩子的关心，视频的那头是孩子对自己行为的愧疚、自责和悔罪。这场特殊的远程通话让身处两地的父子感受到骨肉亲情，更感受到暖暖的检察温度。

（原载2020年4月19日《法制日报》 申 东）

第三部分 ｜ 万物复苏

宁夏科技创新有效服务农业生产

当前正值新冠肺炎疫情防控关键时期,也是春播生产的关键时节。为确保春季农业科技工作不误农时,宁夏回族自治区科技部门决定,各类农业科研机构、农业科技园区、科研基地、创新平台要做好人员聚集场所的防疫工作,积极运用视频会议、手机微信、电话沟通、远程诊断等方式,建立"互联网+农业科技服务"机制,开展科学有效的会议研究、科研安排、试验设计、技术辅导、农民服务和远程培训,科技人员要指导和督促科研辅助人员、农民在播种期间减少田间地头的人员聚集。倡导开展错时农事活动,做好疫情个人防护等措施。确保农业科技工作与疫情防控同步推进,及时整理编印简明扼要、通俗易懂的农业技术辅导资料,通过网站、媒体、微信等线上平台及农业科技园区、科技示范基地等线下渠道广泛派发，为全区农业生产提供及时有效的技术支撑。

自治区科技部门表示，一方面各农业科技项目承担单位要结合当前工作实际，聚焦项目攻关目标，优化技术路线，强化协同创新，提早做好种子、化肥、农药、农膜等春耕物资准备工作，适时开展田间试验示范。一方面加快推进建设，积极培育农业高新技术产业；自治区农业科技示范展示区要强化新品种、新技术、新装备的集成示范，发挥园区在地方农业发展中的示范带动作用。

各市、县（区）科技局和相关单位要建立完善支持科技特派员创业服务工作举措，壮大科技特派员队伍，构建新型农业社会化科技服务体系。广大科技特派员要通过试验示范、技术服务、技能培训、创业带动等方式，投身到春季农业优势特色产业发展的各项工作中。法人科技特派员要发挥自身作用，积极开展代耕代种代管等农业社会化科技服务，促进春耕生产节本增效。

各市、县（区）科技局要积极谋划推动对外科技合作、创新主体培育、科技成果转化等工作。县域创新改革试点县（区）要按照试点工作方案，抓紧落实各项改革举措。有关县（区）要按照贫困村科技创业服务全覆盖要求，组织推动和协调服务好科技扶贫指导员、"三区"科技人才的科技扶贫工作，协调解决科技扶贫中遇到的困难和问题。

采取措施，指导科技人员；采取一切可行方式，做好春季农业生产技术服务，加大高效种植模式、优新品种、绿色高质高效技术的示范推广力度，提高技术到位率和入户率。科技扶贫指导员、"三区"科技人才等扶贫科技人员,要进一步落实科技示范户和科技示范基地,主动了解帮扶村脱贫产业需求,明确各项示范技术和措施,精心指导贫困户开展春季生产工作。

(原载2020年2月22日中国农网　张国凤)

且看黄土地上,春耕十八般"兵器"

又是一年春来到

田间地头耕种忙

黄土高原

西海固

山大沟深

春耕春播可咋整

二牛抬杠

已成历史

二牛棚歇

驰骋沙场

还看现代化春耕"武器装备"

打开黄土地上春耕"兵器谱"

且看这"硬核"的十八般"兵器"

轻型单兵装备　重型综合装备　特种无人驾驶

打垄、旋耕、播种、覆膜保墒

遂行"作战"装备　样样俱全

单兵装备让你成为梯田里的"狙击手"

半自行排"雷"（土块）装备　精准走位　定点清理

自行装备　解放双手

眼看着地被种好了

主战"坦克"列队　直面黄土横飞的壮观春耕

黄土高原降水少

"工兵"铺设　覆膜保墒

梯田路窄车难行　单兵装备自如穿行

总之

在这片黄土地上

西海固人民凭借智慧

克服复杂的自然条件

播种下希望的种子

向大地要产量

勤劳不服输

耕种皆有术

这就是西海固的

脱贫致富之路

(原载2020年4月19日新华网　王　磊　王　鹏　杨植森　冯开华　唐亚蒙)

特写：拉面馆里的城市"脉动"

清晨，一家拉面馆的卷帘门声打破了深巷持续月余的寂静。老板王阳戴着口罩，走入店里忙碌起来。

"老板，能堂食吗？""可以，来测个体温，登记一下，手也消个毒。今天恢复营业第一天，每人送个茶叶蛋。"王阳声音洪亮，动作麻利地收拾桌子，招呼客人。拉面馆位于宁夏银川市新华商圈步行街附近。店里只摆放了6张桌子，距离拉得很大，进进出出的顾客不断。

"这是我自疫情发生以来第一次在外面坐着吃饭。"某品牌方便面业务代表金宇坤说。自1月底以来，各大超市方便面供应量猛增，他每天都忙着为货架补货。

"起初在外面没地方吃饭，中午只好饿着肚子。外卖恢复以后，就蹲在路边吃快餐。"金宇坤说。最近餐饮业陆续复工，方便面需求量减少了，金宇坤的主要任务又变为像以前一样抢占货架。

3月16日，宁夏新冠肺炎确诊病例实现清零。银川市的大型商业综合体、零售业、餐饮业等正有序恢复经营。为了满足疫情防控需要，银川市在人流量较大的步行街街口处设置了测温点，引导行人有序进入。大小店面的玻璃门窗上也都清晰地贴着"未戴口罩禁止入内，请配合测温登记"等告知。

两名妆容精致的年轻女孩走进王阳的拉面馆，她们是附近一家商场化妆品专柜的营业员。"商场开放当天是周末，因为限制人数，人和人之间要保持间隔，登记测体温后才能进去，门口的队从早上10点排到晚上7点多，那天专柜销售额1万多元。"其中一位名叫关雅乐的店员说。休假一个多月，她急切渴望复工。

"复工后，整个人状态都好了，这次疫情让我发现了直播带货的新商机，下一步我也打算申请直播，冲冲业绩。"她说。

这几日，银川的气温快速攀升，桃花吐蕊，柳树发芽，春意渐浓。也许是因为在家闷了太久的缘故，街上行人的穿着打扮似乎比以前更加讲究了。

奶茶店门前，青年男女站在1.5米外的黄线后排队"隔空"扫码下单；尚未开放的电影院门口，营销人员在大力推销优惠套餐券；商场大楼间的巷子里，几名做针线活生意的妇女坐在阳光下给顾客修补衣服……渐渐热闹的街头再现着一幕幕熟悉的场景。

一天下来，王阳的拉面馆接待了七八十位顾客。"尽管人数不能和之前比，但是已经出乎意料了，我本来以为开门第一天不会有人来。

银行昨天给我打电话了,说贷款可以延期一个月还。关门一个多月损失了不少,但困难都是暂时的。"王阳说。

(原载2020年3月19日新华社客户端　赵　倩　马思嘉　廖思维)

宁夏西海固农民海边种上"铁杆庄稼"

在宁夏西海固山沟里生活了30年的金素素,从没去过南方,也没坐过飞机。因要前往福建务工,这两件事竟然在同一天实现了。

受新冠肺炎疫情影响,部分农村劳动力外出务工不便。对此,固原市通过闽宁劳务协作,在2月27日和28日两天分两批组织315名务工人员乘包机前往福建省务工,第一批出发的金素素便是其中之一。这315名务工人员大多是第一次前往福建的当地建档立卡贫困户。这次旅程,他们将把增收的"铁杆庄稼"种到福建的大海边。

金素素家住固原市原州区开城镇开城村,一家六口就他一个壮劳力,家里虽然已于2017年脱贫,但他肩头的担子并不轻。

"去年11月工地停工,我已经在家歇了3个多月。今年工作不好找,看到福建招人我便报了名。因为闽宁协作，镇上每年都组织人去福建打工，那里工作稳定、工资也高，有些人还因此过上了好日子。"金素素说。

20多年前，福建开始帮助宁夏摆脱贫困，开创了沿海发达地区与西部贫困省份"结对子"扶贫协作的先河。

受益于闽宁对口扶贫协作的金素素，对前往福建务工满怀期望。除了工资，贫困户在外工作满半年的政府还发补贴，金素素想多挣些钱尽快把家里的贷款还完。

据固原市副市长周文贵介绍，劳务产业是固原市的支柱产业，是助力农民增收的"铁杆庄稼"，固原市每年农村劳动力转移就业人数在30万人以上，农民人均转移就业收入占农民人均可支配收入的40%以上。特别是在闽宁对口扶贫协作帮扶下，2016年以来，固原市赴福建务工人员年均增速超过10%，2019年，固原市有组织地向福建转移农村劳动力近3000人。

当日下午4时多，飞机起飞。飞机平稳后，金素素从害怕得攥紧手心到开始享受这次旅行，他翻看着分发的《返岗防护指南》，不觉中已飞越了2000多公里。

因疫情防控，进入厂区前，工厂为新来务工人员开辟专门的隔离观察区，金素素选择和几位同乡工友住一个房间，床上放着崭新的被褥。"以前也住过这样的上下铺，没有现在的宽敞干净。"安顿下来已是晚上9点半，金素素赶紧与家人视频报平安，简单的通话就像家常饭，平淡却暖心。

一天之间，从西北到东南，从冬天到春天，这是金素素从未有过的体验,激动之余他感觉自己离期望的未来越来越近,正如他所说:"我是个农民,只要有活儿干,心里就踏实。"

(原载2020年2月29日新华网　许晋豫　邓倩倩)

宁夏："铁杆庄稼"绿了塞上江南

在宁夏，劳务输出是脱贫攻坚的重要支柱产业，是农民增收的"铁杆庄稼"。2019年，宁夏农村劳动力实现转移就业79万余人，占全区常住总人口的11%。截至2020年3月6日，受疫情影响，当前转移就业人数同比下降56%。

一年之计在于春。2020年的"铁杆庄稼"能否顺利"播种"，将影响全年的收成。开春以来，宁夏尤其是宁夏南部贫困县区把农村劳动力转移就业作为打赢脱贫攻坚战的重要抓手，在保障宁夏区域内企业和重大项目复工复产、充分吸收本地劳动力的同时，还加强区外劳务协作对接、拓宽就业渠道，确保"铁杆庄稼""种"得下去，为决胜脱贫攻坚打下坚实基础。

深耕细作"自留田"

缝纫机、刺绣机、绕线机开动的声音此起彼伏,戴着口罩的工作人员娴熟地操作着机器……近日,宁夏中卫市海原县闽宁科技园内,各个车间恢复了往日的生机。

"我们科技园的4家企业属于劳动密集型企业,目前在做好疫情防控的前提下,周边员工已经优先分批有序返岗复产,促进了当地贫困群众增收。"闽宁纺织制品有限公司人事部负责人马学梅说。

扶贫车间是农村劳动力实现家门口就业的重要阵地。目前全区306家扶贫车间,逾三成已复工复产,就近吸纳劳动力3200多人,一半为贫困户;全区303个扶贫龙头企业,已复工170多个,就业务工17000多人。

数据显示,2019年宁夏农村劳动力区内转移就业约61万人,占比达77%,本地企业、重大项目、扶贫产业等是农村劳动力就业的主要去向。

宁夏下好稳定就业"先手棋",大力挖掘区内重点工程、业绩向好企业、扶贫车间、季节性农产品加工厂等就业岗位,全面落实社保补贴、岗位补贴、培训补贴、交通补贴等就业扶持政策,引导企业积极吸纳当地农民工,特别是建档立卡贫困劳动力就地就近就业。

2月23日,宁夏银川经济技术开发区派出4辆大巴车从中卫市接回75名返岗职工及家属。"在家待了一个月,心里很着急,总算能回来上班了。"在宁夏力成电气集团上班的中卫市沙坡头区宣和镇马滩村小伙儿常学阳说。

对外拓荒"辟新田"

2月27日,宁夏六盘山区雪花飞舞。下午4时许,来自固原市原州区、西吉县的142名务工人员从固原六盘山机场乘包机飞往福建。

"往年都是自己找工作,路途花销自掏腰包。今年政府为了保证大家安全就业,为我们提供路费、就业一条龙服务,高兴得很。"在机场,正在候机的固原市原州区三营镇三营村村民马国玲说。

西海固地区是宁夏脱贫攻坚的主战场,也是全区最大的劳务输出地。每年,固原市农村劳动力转移就业30万人以上,连续3年劳务工资性收入超过65亿元,占农民人均可支配收入的40%以上。疫情防控期间,固原市抢抓东西部扶贫协作特别是闽宁劳务协作机遇,加大"点对点"向福建企业劳务输出,有效缓解疫情带来的就业压力。

泾源县依托闽宁对口扶贫协作平台,主动与福建用工企业对接,不仅"点对点、一站式"向厦门等地输出劳务,还加大对建档立卡贫困劳动力外出务工补贴力度,凡在福建稳定就业6个月以上的,一次性发放跨省就业奖金。

返乡复耕"撂荒田"

3月12日一早,宁夏吴忠市盐池县大水坑镇二道沟村,村民贾文全开始给900多只羊和400多头猪喂食。

2020年开春,贾文全和本村另外12位村民都不用再长途跋涉外出打工了。自从在河南南阳开过健身房的本村小伙儿杨彦昭回乡创业后,贾文全他们就有了稳定的就业岗位,在家门口每月可拿到4000元左右的工资。

"我们村750多个劳动力,有500多人在外打工,村子大片土地撂荒。"杨彦昭告诉记者,从小在村里长大,看到这么多土地撂荒很可惜。于是,他毅然转让了健身房,回来成立合作社,种地养羊。2019年,养殖效益好,利润达到90万元。用工高峰期,可吸纳50个劳动力季节性就业。

近年来,宁夏越来越多的劳动力通过外出务工,不仅赚了票子、盖了房子,还换了脑子、蹚出了路子。返乡后,他们把学到的技术、掌握的市场信息和当地农村发展实际结合起来,带领乡亲们创业,开发出新的就业岗位,从"撂荒田"中种出"铁杆庄稼"。

"我们还出台了具体的优惠政策,来支持农民工返乡创业。"宁夏人社厅副厅长孙晓军说,对因疫情防控在家滞留的农民工,首次创办小微企业带动就业或从事个体经营带动就业的,在创业初始阶段登记注册并正常经营3个月以上的,半年内可给予一次性创业补助3000元,对在原9个贫困县(区)创业的,补助上浮30%;自工商注册之日起连续正常经营1年以上的,可一次性给予1万元创业补助。

据悉,通过继续完善支持创业就业政策,宁夏今年将实现农村劳动力转移就业70万人,夯实可持续脱贫的基础,并为乡村振兴储备产业技能人才。

(原载2020年3月14日《光明日报》4版 王建宏 张文攀)

宁夏：疫情防控不误农时 农业生产有序进行

连片的农田像一张黄褐色的巨毯，在宁夏银川市贺兰县京星农牧场铺开，引擎轰鸣声中，平地机、播种机等轮番上阵。不远处的居民点上，防疫知识宣传车、消毒液喷洒车不时出现，给忙碌的春耕画卷添上别样的一笔。

种植户顾红军站在田埂上比画，指挥农机作业。"我这2000亩地的耕作计划比较复杂，既要种水稻、玉米，还要进行小麦和黄豆套种。本以为会受到疫情影响，没想到实行起来这么顺利。"顾红军对记者说。

顾红军的感受和宁夏大多数农民相同。早在春节之前，宁夏便组织各农资销售企业调运农资，目前当地种子、化肥、农药等储备充足。春耕备耕期间，宁夏为各类农资和农产品运输车辆开辟了"绿色通道"，还鼓励农资销售企业、农业生产性服务组织通过网络、电话等方式与农户对接，提供农资供应、机械作业等服务，实现疫情防控和农业生产两不误。

"农民只需打个电话，我们就会把种子、化肥等送到田间地头，这已经成为我们今年农资配送的主要形式。如果有需要，我们还可以提供代耕代种服务，周边还没有农民因为疫情影响种不了田。"银川市灵武市农利达现代农业社会化服务站负责人谢利民说。

记者近日在宁夏多地农村走访发现，在做好疫情防控的前提下，提前做好农业生产安排，春耕春播各项工作进展顺利。以宁夏石嘴山市平罗县为例，当地今年春耕期间计划完成小麦种植15万亩，截至3月4日，已完成小麦播种16.9万亩。

不仅如此，为保障春季重要农产品生产供应，宁夏各地还统筹做好稳定农业生产各环节工作，确保疫情防控和春季农业生产两不误。

平罗县盈丰专业合作社的蔬菜温棚里绿意盎然，芹菜、小白菜等长势喜人，再有一周时间便可采摘。一栋种植韭菜的温棚里，农民余丽红和几名同伴手持菜铲，麻利地将小腿高的韭菜铲断，整齐地码放在一旁。

"以前一栋棚里有10个人干活，现在为了防止扎堆，只安排5个人左右，干活前要消毒、洗手。"余丽红说，县里还专门给他们办理了小区出入证，日常务工没有耽搁。合作社负责人蒋洪波介绍，近期合作社每天蔬菜出货量达1万公斤左右，生产、采摘、运输等工作稳定进行。

平罗县农业农村局副局长吴银涛说，当地不仅对近期蔬菜生产、上市等情况进行了调查和摸排，还通过配送中心、超市、电商等渠道紧密对接供需双方，使蔬菜供应平稳有序，全县每天蔬菜供应量保证在30吨以上，有效保障居民"菜篮子"安全。

（原载2020年3月9日新华网　靳　赫）

加快复工复产 擂响脱贫"战鼓"
——宁夏最后一个未脱贫摘帽县复工复产见闻

在位于宁夏固原市西吉工业园区的宁夏金曜塑业有限公司生产车间,伴随着机器隆隆声响,一张张透明薄膜吹塑成形,自动缠成卷筒。很快这些农用地膜将被运往春耕备耕的田间地头,帮助农户赶农时保墒、播种。

固原市西吉县地处六盘山集中连片特困地区,是宁夏回族自治区最后一个未脱贫摘帽的国家级贫困县,有4340人在贫困线附近挣扎。记者日前跟随中办国办复工复产调研宁夏组在西吉县走访时了解到,西吉县推进疫情防控和脱贫攻坚两手抓,扶贫产业按下了复工复产"快进键"。

"36.3℃,体温正常,请进。"在西吉工业园区大门口,工人通过人脸识别智能测温后即可进入。西吉工业园区是当地重要的扶贫产业园区，600多名员工里超过一半是建档立卡贫困户，目前园区内18家企业已经全部复工。

"我们的工人都是本地人，已经全部到岗，做好防疫措施后，2月15日就复工了。"宁夏金曜塑业有限公司负责人金玉龙说，由于春耕备耕期间地膜生产量大，资金需求量也大，一时出现了融资困难。得益于西吉县为企业开辟的融资"绿色通道"，他从西吉县农村商业银行办理了1000万元贷款，3天就审批到账了，"效率很高，解了我们企业的燃眉之急"。

据了解，为有序推进复工复产，固原市靠前服务，及时制定了《固原市企业复工复产流程图》，建立复工复产网格化管理责任机制，与企业积极对接，协调防疫物资、融资需求、用电用水、原料产品运输等问题。

"在福建老家的时候很着急，原本打算元宵节过了就开工，没想到遇到疫情。"宁夏天之涯服饰有限公司负责人程秀娟说，公司生产的服装全部出口欧美地区，2019年底接了3万套雨衣订单，原料已经提前备好，2月20日复工以来，工人们加班加点，已经完成了1万多套。

目前程秀娟公司的工人已返岗80%，出口销路也保持畅通，在财税扶持政策的帮助下，公司2月份本应缴纳的8万元税费延期了3个月。"影响肯定是有的，但现在一切都顺利进行，我们要赶快把耽误的时间追回来。"程秀娟说。

在西吉县将台堡镇牟荣村蔬菜育苗中心的日光温室里，嫩绿的菜苗生机盎然，工人们正在往穴盘里插播种苗。由于海拔高、气温低，冷凉蔬菜种植成为当地脱贫攻坚的主导产业之一，每亩产值可达5000元。目前全县约65%的蔬菜种苗来自牟荣村蔬菜育苗中心，中心每年大约能培育5000万株。

"农时不能误，如果育苗迟了，种到地里的苗子长不大，影响一年的收成。"育苗中心负责人伏小刚告诉记者，这里的工人都是本村村民，从2月初开始，大家就陆续返岗，每天进园区时消毒测温，保证防疫生产两不误。

"疫情对贫困户有什么影响？"这是调研组在固原市最关心的问题。据了解，宁夏从3月开始开展脱贫攻坚"四查四补"工作，查找新冠肺炎疫情给企业、群众、项目等造成的损失，拿出有效的应对措施，争取把损失补回来。

经排查，目前固原市没有因疫情致贫、返贫人员，但贫困群众的务工收入受到较大影响。为此,固原市通过"稳岗""返岗""增岗"措施千方百计抓务工，除了"点对点"向福建、浙江、广东等省区输送了近4000名务工人员外，还盯紧县内就业，近60%的扶贫车间复工复产，吸纳了近3000人就业。

调研组组长、民政部副部长詹成付说，固原市是宁夏脱贫攻坚的主战场，建立与疫情防控相适应的经济社会运行秩序，要进一步研究如何在复工复产中重点抓脱贫攻坚，在脱贫攻坚中重点采取精准化、精细化的措施，确保圆满完成脱贫攻坚任务。

（原载2020年3月24日新华网　邹欣媛　马丽娟）

宁夏：从家门口到厂门口
东西部扶贫协作稳就业

宁夏固原市，素有"贫瘠甲天下"之称，是宁夏脱贫攻坚的主战场，也是全区最大的劳务输出地。

新冠肺炎疫情发生后，不少企业的生产经营受到了不同程度冲击，这给固原市就业市场带来不小压力。为此，开春以来，宁夏通过出台各项稳岗稳就业措施，把农村劳动力转移就业作为打赢脱贫攻坚战的重要抓手，通过外输送、内增长等模式，拓宽各类就业渠道，为固原市脱贫攻坚打下坚实基础。

外输送　从家门口到厂门口

从西北到东南，从大山到大海。宁夏固原市原州区张易镇贺套村村民张栓栓怎么也没想到，人生第一次离开家乡，竟然是坐着免费的飞机去大城市赚钱。

2月27日至2月28日，为确保赴闽务工人员安全外出，固原市按照"分批有序错峰"的要求，包机分两批次向福建用工企业护送315名务工人员。

张栓栓是村里的建档立卡户，家中父亲年迈，母亲和弟弟常年卧病在床。作为家里唯一的壮劳力，他只能一个人到银川打工养活一家人。然而，疫情的暴发，阻挡了打工者的脚步，眼看着家中快要见底的粮食，失业在家的张栓栓只能干着急。

就在这时，张易镇贺套村党支部书记王志雄带来了一个好消息："通过闽宁劳务协作的牵线搭桥，固原市要组织一批务工人员到福建打工，包机把大伙从家门口送到厂门口。一个月至少能赚4000元，还管吃管住。"这让张栓栓心头一热，说啥也要出去闯一闯，第二天一早就报了名。村里与张栓栓一起去打工的还有18人，其中建档立卡户就有12人。

在全力抗疫的同时，固原市抢抓东西部扶贫协作特别是闽宁劳务协作机遇，针对东南沿海企业用工难和固原市劳动力就业难的问题，加大"点对点"精准服务向福建企业劳务输出，集中输送的交通费和疫情防控费用由政府免单，并为务工人员购买"铁杆庄稼保"，有效缓解疫情带来的就业压力，助力决胜脱贫攻坚。截至目前，固原市包机包车集中输送务工人员10237人，其中建档立卡贫困劳动力2300人，主要输送到福建、江苏、浙江、广东、安徽、江西、陕西等地的75家企业。

"固原市按照'一罩一证一册一卡'要求,采取疫情防控知识宣传普及、健康教育、配发防疫口罩、行前消毒、检测体温、出具健康证、发放务工手册等针对性措施,确保输送前务工人员身体健康,阻断风险人员外出。"固原市人社局副局长王斌说,务工人员抵达企业后,还将建立务工人员个人健康档案,确保其达到防疫要求后安全上岗,实现务工人员"出家门、上车门,下车门、进厂门",畅通务工绿色通道,杜绝了中途交叉感染的风险。

"我已经到福建一个月了,厂里的领导都很关心我们。希望我在这里可以学好技术,多赚点钱寄回家中。"张栓栓满心期待着新的生活。

据了解,近年来固原市先后向福建输出劳务人员13万多人次,常年稳定在福建工作的固原籍务工人员达3万多人。仅2019年,固原市向福建转移农村劳动力2972人,稳定就业1700余人,兑现贫困劳动力跨省就业奖补资金1170余万元。

内增长 助力家门口就近就业

在固原市彭阳县,务工人员则在家门口顺利复工。

3月27日一早,经过体温测量、信息登记,何小荣像往常一样进入彭阳县古城镇皇甫村艾蒿产品加工扶贫车间,在自己的工位上开始了忙碌的一天。

"1月20日我们就放假回家了,本来车间计划农历正月初八开始上班,结果受疫情的影响,复工的日期也被延后了。"何小荣坦言,疫情多持续一天,自己在家就多焦虑一分。

复工的消息一传来，何小荣一直悬着的心总算放了下来。她所在的扶贫车间主要从事艾草产品加工制作，在闽宁两省区对口扶贫协作的背景下快速发展起来，目前已成为村民就近打工的好去处。

据宁夏煌甫谧艾益康产业有限公司负责人晁主铎介绍，该扶贫车间共解决就业岗位37个，其中建档立卡户11人。厂内员工月平均收入可达2000元，有效带动了当地贫困户走上脱贫"快车道"。"在疫情得到控制后，政府第一时间就协助车间进行复工申报，以最快的速度让车间再度'忙碌'起来。截至目前，扶贫车间的复工率已达到100%。"晁主铎说。

为防止因疫情返贫致贫，固原市加强全方位联络对接，发挥现有劳务站和劳务中介作用，建立24小时辖区内重点企业用工调度保障机制。第一时间全面展开就业帮扶，积极组织符合条件的扶贫车间复工复产，并对接转移有就业意向的人员支持外出务工。同时还新增公益性岗位优先安置建档立卡户上岗，确保零就业家庭动态清零。

曾经的"贫瘠甲天下"，如今在"两线作战"的关键时期，按下了"快进键"。

这得益于党中央、国务院的亲切关怀，得益于东西部扶贫协作的深情牵手，得益于宁夏所有干部群众心手相牵、负重拼搏。

1996年，国务院启动东西部对口帮扶战略，确定由东部9省市和4个单列市对口帮扶西部10个省区。这一年，福建和宁夏两省区党委和政府开启了山海相连之路，从此开始了以东部之优补西部之短，以先发优势促后发效应，变"输血式扶贫"为"造血式扶贫"，形成了多层次、多形式、全方位的对口支援"大扶贫"格局，激活了西部自身的内生动力。

"不以事艰而不为,不以任重而畏缩。"自此,闽宁对口扶贫协作的接力棒就这样一届届传了下来。

24年来,福建省向宁夏提供各类资金30.45亿元,扶持建立了10个产业园区,援建闽宁示范村110个。福建省85个乡镇结对帮扶宁夏105个乡镇,先后派出11批184名援宁挂职干部支援宁夏建设。

2020年是决胜全面建成小康社会、决战脱贫攻坚的收官之年,宁夏的脱贫攻坚正处在"临门一脚"的关键时刻。面对突如其来的新冠肺炎疫情,为防止因疫致贫、因疫返贫成为脱贫攻坚新的困难和挑战,宁夏在全面落实就业扶持政策的同时,又增加了3000个公益性岗位,帮助吸纳就业。此外,宁夏还加强与福建省等省区市的劳务协作对接,通过建立岗位信息共享、员工健康状况互认、人力资源互助、返岗人员互送等对接机制,帮助宁夏农村劳动力拓宽就业渠道,及时返岗复工。

"把疫情耽误的时间抢回来,把疫情造成的影响补回来,坚决实现脱贫攻坚的圆满收官。"自治区党委书记陈润儿的这句话,是在当下攻城拔寨的关键时期,宁夏为向党和人民递交一份满意答卷的庄严承诺。

没有一个春天不会来临,没有一个冬天不可逾越。山海相牵,闽宁互助,只要在疫情之"危"中抓住扶贫之"机",坚定不移把党中央决策部署落实好,我们就一定能如期完成脱贫攻坚目标任务。

(原载2020年4月7日人民网　贾　茹　阎梦婕)

宁夏宁东：一场复产升级的"化学反应"

从宁夏首府银川东行40公里，跨过黄河，一座大型煤化工基地的轮廓映入眼帘。渐行其中，大型装置鳞次栉比，这里是宁东能源化工基地。

宁东人告诉记者：要采访随时来，宁东基地151家企业、8万多产业工人正在热火朝天加油干；要拍照晚上最美，灯光映照下的座座化工设备、反应装置连成一片……产值近1300亿元、拥有诸多"世界级"项目的宁东基地，返岗复工的物理作用已经完成，复产升级的"化学反应"正在加速展开。

硬核措施助力复产增产

3月12日是宁夏金美生物科技有限公司建成投产的日子，这一天，公司总经理冶建军收到了宁东基地管委会赠予的100万元奖励"红包"。作为鼓励加快复工复产2亿元政策"红包"的第一个获益者，冶建军信心十足。

"除了100万元资金，水电气等能源优惠也已经兑付，其他政策正在落实。"冶建军说，二期工程建设也将加快，预计年底投料试车。

为促进复产增产，宁东基地管委会出台15条硬核措施，解决融资贷款70亿元、给予每千瓦·时电2分钱的电价补贴等，以最快的速度落实见效。

原料库存低至总库容的5%、产品积压高达总库容的85%……受疫情影响，物流"进不来、出不去"，一度让宁夏睿源石油化工有限公司总经理张景辉心急如焚。宁东基地现代煤化工产业全链条集聚，环环相扣，推动复工复产必须上下游联动，一个环节暂停，全产业链就有断裂风险。

快、实、准，这是多家企业对宁东基地管委会出台缓解疫情影响、促进复工复产措施的评价。为解企业的燃眉之急，与相邻地区建立联防联控合作机制、优化车辆通行流程……在最困难的时候，张景辉等企业家迎来了"及时雨"。

宁东基地管委会还精准实施分区分级管控，采取对企业"点对点"运输全额交通补助等多种方式，释放复工返岗便利化红利。截至目前，宁东基地返程返岗人员达8.3万人，56家规模以上工业企业全部复产。除新建项目外，所有企业将在3月底前全部复工复产。

"在应对疫情的关键时刻,宁东基地迅速建立同疫情防控相适应的生产经营秩序,发挥国家级重点开发区的造血功能,高效运转的组织体系、治理能力得到了检验和提升。"宁东基地党工委常务副书记、管委会副主任陶少华说。

让危机成为产业升级的催化剂

"受多种因素影响,煤焦油价格下跌近30%,为历史最低水平。在现金流允许的情况下,我们准备继续扩大采购量,补得越多,原料平均成本就拉得越低。"宁夏宝廷新能源有限公司董事长陈廷说。

原材料价格下跌,为企业加快发展提供机遇。记者走访企业时看到,这一依托周边煤化工副产品而建、"变废为宝"的清洁能源企业,即将迎来试生产。

在宁东基地,现代煤化工技术犹如点煤成金的"魔法棒",把深埋于地下的煤炭变成聚丙烯、聚乙烯等,这正是制造医用口罩、防护服等防疫物资的原材料。疫情发生以来,多家企业顺势调整产品结构。

宁夏宁东泰和新材有限公司在疫情防控期间加大生产医用氨纶的比重,其原料是来自一路之隔的中石化长城能源化工(宁夏)公司生产的煤化工产品聚四氢呋喃。

"我们将一条生产线转产,生产可用于医用无纺布的高熔指纤维聚丙烯S2040产品,单日产量达1000吨。"宁夏宝丰能源集团总裁刘元管说,每吨高熔指纤维聚丙烯可制成一次性医用外科口罩90万至100万个或N95口罩20万至25万个。

布局创新链　提升价值链

3月25日，宁东现代煤化工中试基地正式开工建设，该项目将聚焦现代煤化工领域的共性关键技术难题，拟引进中科院兰州化物所、清华大学、宁夏大学等中试项目，成为促进产学研用一体化发展的重要平台。

"以产业链布局创新链""变废为宝，吃干榨尽"，这是采访中宁东基地的企业家跟记者提及最多的字眼。煤制油、锂电池、芳纶……现代煤化工产业链在这里不断填补和延伸。这个过程不仅让煤炭变换出万千形态，其"身价"也实现倍增。

宁东基地是我国重要的能源化工基地，也是四个现代煤化工产业示范区之一。夜幕下的宁东基地灯火通明，仿佛一座不夜城，很多企业24小时满负荷运转。

"抗疫过程中，我们发现仍存在不少短板，需要在推动形成规模体量大、延伸配套好、带动能力强的煤化工、精细化工产业集群上下功夫。"陶少华说，宁东基地将引进基础化工原料、关键合成中间体、下游新材料精细化工等领域项目，构建综合成本低、抗风险能力强、优势互补的产业结构。

目前，宁东基地重点发展煤制油、煤制烯烃、精细化工三大产业集群，不断延链补链融链强链。2020年上半年，预计新引进企业实现投产达产12家、全年将达到30家，新增工业总产值150亿元以上。

"打造强点、连点成线、扩面成群，精彩宁东高质量发展正在提速。我们正努力把疫情耽误的时间和造成的损失抢回来、补上来。"陶少华说。

（原载2020年3月25日新华网　王　磊　于　瑶）

宁夏盐池："模范生"复学记

4月7日，宁夏吴忠市盐池县中小学校园内，一个个洋溢着青春活力的身影，在春日的阳光下跃动。教室内，书声琅琅，不绝于耳——继初三、高三年级分别于3月20日、3月25日返校复课后，盐池县除小学一二三年级外的中小学生于3月30日已全部返校复课，为宁夏全面复课探路。

盐池县在宁夏中南部9县区中率先脱贫摘帽，这个脱贫攻坚中的"模范生"，将脱贫战场上锤炼出的过硬作风和战斗力，延递到了新冠肺炎疫情防控、复工复产和复学复课中。在地处陕甘宁蒙四省区交界、人员往来频繁复杂的不利情况下，面对周边均发现确诊病例的环形压力，盐池县严防死守、精准阻击，确保了全县"零感染"。

在统筹做好疫情防控和经济社会发展这张"考卷"中，如何答好复学复课这道"压轴题"，总要有人先行一步。

"复课是社会秩序全面恢复的重要标志。"宁夏吴忠市委常委、盐池县委书记滑志敏告诉记者，针对学生复学，盐池县早研究、早部署，在推进中明确责任机制、精准科学评估、做精做细预案，确保因时分步、错峰有序恢复校园正常秩序。

纵横叠压，织密校园防控责任体系

自3月以来，随着各地有序推进复工复产，复学复课逐渐被提上了日程。

3月24日，记者在盐池县惠安堡镇采访时，恰遇县委书记滑志敏挨个"跑学校"。这些天，他带领相关部门负责人对全县学校和教学点都"过了一遍筛子"。对责任落实不够细、防疫工作有漏洞的学校或教学点，现场提出整改措施，确保防控安全到位。

校园人员密集，师生上课、就餐、放学等各环节容易发生聚集，中小学生自我约束力相对较弱、防护意识差，这些决定了面对复学必须慎之又慎、细之又细。

盐池县挂图作战，用机制管人管事。

从纵向看，全县将责任链条直插到底，建立"县委县政府分管领导—教体局主要负责人—局机关中层领导—局机关干部—学校主要负责人—学校中层领导或年级组长—班主任或代课教师—家委会—家长—学生"复学复课"九级责任体系"；建立"1+6"包抓责任体系，"1"是由27名县处级领导直接包抓全县51所学校，"6"是由县委、县政府分管领导包抓教育行政部门—教体局负责人包抓局机关干部—局机关干部包抓学校—学校负责人包抓学校中层领导—学校中层领导包抓教师—班主任和任课教师及家长包抓学生，形成了科学纵向防控体系。

从横向看，全县成立由教体、卫健、发改、公安、交通、市场监管、应急管理、疾控中心等部门组成的复学工作专班，定期组织召开联席协调会议，研判分析存在的问题。各级各部门联防联控，精细分类、压茬推进，确保师生返校、校园管理、教学生活秩序与疫情防控处置等环节衔接紧密。

"一纵一横，交织叠加，构成了一级管一级、层层抓落实的责任闭环，切实做到了责任清、目标任务清、政策清、措施清、底数清、方法清。"盐池县委常委、宣传部部长马瑞英说。

在这张上下贯通、层层衔接、明确具体、环环相扣的"责任网"上，每个人都连接着上下游、左右端，牵一发动全身，倒逼人人各尽其责、各司其职，种好"责任田"。

此外，盐池县还要求各学校与县医疗健康总院建立了32个"医教联合体"结对长效机制，选聘16名属地医院（卫生院）院长担任中小学、幼儿园卫生健康副校长，全面指导学校制定完善疫情防控预案和卫生健康工作制度。

科学评估，确保各个环节严丝合缝

是否具备开学条件？什么时候开学？盐池县在总结借鉴前期疫情防控经验的基础上，强化返校师生健康管理和校园安全管理，以全面摸清底数、全面科学评估为精准决策、完善预案提供依据。

全县成立师生返校工作专班,以"县不漏校、校不漏班、班不漏人"的思路,精准排查统计离盐师生,逐一完善健康档案,建立村(社区)与学校联防联控、信息共享机制,要求返校师生必须提供返前14天活动轨迹证明、健康码(健康证明)和承诺书,做到底数清、轨迹明、信息准。累计摸排离开盐池的师生4388人,其中区内县外2215人,区外2173人,有序返回师生4368人。

在全面掌握底数和情况的基础上,盐池县做好科学评估检查,严格对标国家和自治区复学复课有关要求,结合盐池实际情况,"自我加码"扩展评估指标。既评估校园场所,又评估师生及其家庭,在以师生为圆心、以其关联轨迹为半径的社会范围内,进行了一次防疫安全的排查评估,确保层层达标、面面俱到、总体过关。

全县成立由教体、卫健、市场监管、公安、住建、应急管理等部门组成的评估组,确定了17个一级指标51个二级指标,确保复学场所安全、人员安全。按照科学、精准、动态的原则,对近期返盐的216名师生及其共同生活的家庭成员活动轨迹、健康状况等全面评估,对全县学校组织领导、应急处置、校园安全等逐一评估,并逐校出具评估报告。制定应急处置规范流程,将每个学校的两个隔离室全部改为留观室,在寄宿制学校宿舍增设1个临时留观室,并配齐医疗器械和药品,要求校医全天值班在岗,对出现发热、咳嗽等症状的留观人员在1小时内送至就近发热门诊就诊。共完成全县50所中小学、幼儿园的评估工作,这些学校均达到开学复课标准。

无论复工复产还是复学复课,防护物资都是最基本的保障。

早在开学前一个月,盐池县就着手准备防疫物资,为全县100人以上的中小学全部配备热成像测温仪,储备口罩50万个,做到班班配备额温枪、消毒液、医用酒精,全力满足开学复课需求,实行造册建账、专人管理、持续供给。寄宿制学校根据需求储备充足的粮油、蔬菜等生活物资,随时补充,保障供给。

特别值得一提的是,为降低次生危害,盐池县各学校还在向家长发放的调查问卷中,对酒精、过氧乙酸等消毒药品过敏的学生进行全面摸排,以采取更个性化的消毒措施。

完善的"作战方案",充足的"弹药粮草",盐池县开学复课在万事俱备中迎接学生。

卡点卡位,校内活动轨迹精准到点

从脱贫攻坚、疫情防控到复工复学,盐池县一以贯之地力求"精准"二字,执行得心应手、驾轻就熟。

记者在盐池县高级中学看到,通往教室、餐厅、宿舍、洗手间的路线指示都清晰标记,去时走哪条路、来时踩哪条线,一切按规定设计进行。在校门口、卫生间、餐厅等学生集中活动区域,按照不小于1米的间距画出标线、设置专用通道,并安排专人维持秩序。

"这些活动路线,我们带领教职工模拟演练了好几遍,在亲身体验中查漏补缺,不断完善预案。"盐池县高级中学校长田广文说。

盐池县在复学中注重过程监管,科学制定"一校一策、一校一案",想得周到、做得细致,对上学前、上课中、放学后等环节的师生活动卡点卡位、精准防控。

上学前，监控所有师生的身体健康状况和活动轨迹，要求与师生一起生活的家庭成员每日打卡向班主任报告，做到关键人员监控全覆盖。

上课中，实行一分二AB班教学模式，每班不超过30人的"小班额"授课措施和学生单人单桌上课、教师课间轮流坐班制度，以年级定区域、班级定片区、学生定位置的方式，按照错时错峰的原则，由教师统一组织开展课间活动，防止学生课间聚集聊天、打闹扎堆。

就餐时，按照"分班分号分通道分时段"方式，定线路、定窗口、定餐位，统一食谱，有序取餐，间隔1米同向就餐，最大限度减少人员聚集。

就寝时，对宿舍实行封闭式管理，按照床位指定到人、标识清晰、高低交错的原则，分散安排住宿，每间2至4人，每张床由政府统一配备布床帘，降低交叉感染风险。

如果上学前、上课中、就餐就寝是校园防疫的管控重点，那么放学后的监管就是校园防疫向社会防疫的嵌入和延伸。

放学后，学校组织学生排队间隔有序回家，在主要十字路口由交警和教师布点，督促护送学生回家。特别注重对家长的管控，班主任和任课教师每天晚上7时至8时，通过手机视频、随机家访等方式对家长和学生活动轨迹进行核实，由家委会监督所有家长不串门、不扎堆、不聚餐。

一个学生背后就是一个家庭，无数个家庭单元串联起整个社会。盐池县通过确保每位学生的安全复学复课，为疫情防控和恢复正常运转增织了一层防护网。

（原载2020年4月19日《光明日报》4版　王建宏　张文攀）

听，校园里传来读书声
——宁夏银川市初高中毕业班开学首日见闻

4月25日清晨，宁夏银川市街头不时出现几个背书包、穿校服、戴口罩的身影，向着学校的方向步履匆匆。通过连续多日的复课准备，银川市80所初高中学校的初三和高三年级当天正式复学复课。

"同学们，别扎堆，保持距离，错开进门。"早上7时，关闭许久的唐徕回中西校区打开大门，教师志愿者指挥学生有序入校，步行和骑车的学生分别由校门两侧的不同通道进入校园。

经过测温通道，高精度红外热成像仪可以快速测量入校师生体温，体温异常者将由复检通道进入隔离留观室，这里有校医和医疗卫生机构的医生值班，可随时排查异常情况。

"考虑到开学第一天学生还不太熟悉错时错峰入校程序，我们预留了一个小时组织1000余名学生分批入校。"唐徕回中西校区校长杨晓梅说,有教师志愿者专门组织学生有序测温、洗手、上楼、进班。

目前,这所学校已储备了可满足初三年级师生复课后两周所需的防疫物资,每天为每位学生提供两个口罩,并严格按制度对教室、洗手间、体育馆等重点场所清洁消毒、通风换气。

开学以后,如何恢复正常教学秩序?杨晓梅告诉记者,唐徕回中西校区为初中部,初三年级共有20个班。为避免学生聚集,学校按照学号单双号将每班学生分到两个教室上课,学生单人单桌、保持1米距离、佩戴口罩,老师上课也佩戴口罩。

"赶快背语文,今天下午就要考试了!"早上7时40分,初三(8)班班主任苗慧莹督促学生抓紧复习。为了做好线上线下教学的有效衔接,开学第一周,学校每天会安排一门测验,对网上授课成效进行检测。

"通过考试,我们可以对前期的线上教学及时查漏补缺。"苗慧莹说,学校已经开过中考备考会,制订了切实可行的教学计划,将督导学生全力备战中考。

对于开学测验,初三(19)班的刘家瑞胸有成竹。"我把文科知识点全部复习了,数学和物理的错题也重新过了一遍,有不懂的就线上问老师,疫情并没有打乱我的备考计划。"他说。

全力备考的,还有高三毕业班。记者在银川九中高中部采访时发现,高三学生大多在校住宿。学校经过全面的复课准备,在吃、住、学等方面基本做到"万事俱备"。

银川九中校长王锦秀说,学校将高三每个班级各分成紧邻的两个班，老师在一个班里讲课时同步开启网上直播教学，隔壁班学生可用多媒体设备线上观看，学生有问题也可以就近问老师。

记者在学校食堂看到，学生列队进入餐厅，在门口依次刷卡、手部消毒；餐厅内每个窗口都有提前分好餐的餐盘，可以即拿即走；每张餐桌的固定位置贴有"就餐区"标识，提示学生只能坐在这个位置就餐。

"我们制定了错时错峰就餐方案，给各班级划分了固定就餐区域，学生单人单桌同向就餐。"银川九中生活部老师代豫皖说，餐厅每天定时开窗通风，所有餐具厨具一用一消毒，所有环节都安排专人负责。

在学生宿舍，每栋宿舍楼都有红外线测温门监测学生体温。宿舍由原来的六人间变为四人间，中间留一张空床，两侧学生脚对脚休息；每楼层还安排了两名生活老师做好学生管理，对出入宿舍人员加强健康排查。

25日，除了银川市，宁夏贺兰县、中宁县、隆德县等地的初高中毕业班也正式开学。根据最新通报，截至3月24日24时，宁夏已连续21天无新增确诊病例。随着疫情防控形势逐渐向好，宁夏各中小学校将根据区域疫情风险等级、交通状况、应急准备、学龄阶段特点等，实行错区域、错层次、错时开学。

（原载2020年3月25日新华网　任　玮　马思嘉）

从闽宁对口扶贫协作被帮扶到战"疫"对口援鄂

——"小省区宁夏何以能？"系列报道之一

最近，有不少人民网网友问，在这次疫情防控阻击战中，为什么宁夏一个小省区能够领到对口支援湖北襄阳的任务？

国家卫生健康委统筹安排19个省份对口支援湖北省除武汉市之外的16个市州及县级市，并确定了对口支援关系。

作为西部偏远地区和欠发达地区，以及闽宁对口扶贫协作的被帮扶对象，宁夏这个小省区此次凭何能够领到这个光荣的政治任务？

举一纲而万目张，解一卷而众篇明。

通过梳理一位"班长"的轨迹，网友们便会得到想要的答案。

10月25日，陈润儿以宁夏回族自治区党委委员、常委、书记的身份开始主政宁夏。自1月21日至今，仅上任3个月的陈润儿书记便开启战"疫"工作的"非常模式",先后主持召开会议10余次,下基层暗访督查足迹遍布宁夏4个地级市,全面部署疫情防控工作。

为此,人民网宁夏频道整理出陈润儿书记的战"疫"日志,看宁夏如何从坚持党的集中统一领导、紧紧依靠人民群众、依法防控依规防治、统筹安全与发展等四个维度迎大考,围绕"防、控、治、保"几个关键环节重点发力,同时间赛跑、与病魔较量,跑出"宁夏+"速度。

坚持党的集中统一领导　让党旗在疫情防控一线高高飘扬

1月20日,中共中央总书记、国家主席、中央军委主席习近平专门就疫情防控工作作出重要批示,指出必须高度重视疫情,全力做好防控工作。

第二天,自治区党委书记陈润儿主持召开了自治区党委常委会会议,迅速传达学习习近平总书记对新型冠状病毒感染的肺炎疫情防控工作的重要指示和李克强总理的批示精神,确保与全国"一盘棋"。

在此后的两天时间里,陈润儿多次主持召开专题会议、视频调度会等,在贯彻落实中央应对疫情工作领导小组会议等决策部署的同时,进一步研究部署宁夏疫情防控工作,第一时间提出了"防、控、治、保"的总体思路和"五个凡是""三个全面""四个实行"。

自治区党委和政府基于当时防控任务更加艰巨、形势更为复杂严峻的态势,作出了三个基本判断:一是寻找控制传染源仍将是疫情防控工作的核心;二是坚决切断传播途径仍将是疫情防控工作的关键；三是提高救治保障能力仍将是疫情防控工作的重点。由此，为下一步开展防控工作，勾勒了更清晰的轮廓。

1月25日，宁夏启动重大突发公共卫生事件I级响应，决定由党政主要负责同志坚守岗位、靠前指挥，迅速建立起战时指挥架构，全面加强党对疫情防控工作的统一领导。同时，自治区党委成立应对新冠肺炎疫情工作领导小组，陈润儿任组长，并向各地派出了由自治区党委常委任组长的5个防疫工作指导组和6个督导检查组，以督促指导各市、县（区）和联防联控单位防疫工作落实到位。

此后，陈润儿在当地召开的多次会议上反复强调，各地党政一把手要担负起第一责任人职责，自觉在疫情防控斗争中接受党组织的考验、接受老百姓的考验。同时，要把党员组织起来、力量凝聚起来、作用发挥起来，让党旗在疫情防控一线高高飘扬。

2月10日，国家卫生健康委统筹安排19个省份对口支援湖北省除武汉市外其他16个市州及县级市，并确定了对口支援关系。根据安排，支援襄阳市的为辽宁和宁夏。由此，自治区党委和政府决定，由自治区党委常委、宣传部部长李金科担任宁夏支援湖北疫情防控前线指挥部指挥长，率队赶赴襄阳，负责与当地党委和政府协调配合，做好统筹指导、服务保障、沟通联络、对口支援工作。

在党的集中统一领导下，中国特色社会主义制度集中力量办人事的优势再一次得以彰显。1月29日，自治区党委印发了《关于坚决贯彻落实习近平总书记重要指示精神　加强党的领导　为打赢疫情防控阻击战提供坚强政治保证的通知》，明确要求各级党委（党组）切实担负起打赢疫情防控阻击战的政治责任，各级领导班子和领导干部要在疫情防控阻击战中挺身而出、英勇奋斗、扎实工作，基层党组织和广大党员要在疫情防控阻击战中充分发挥战斗堡垒作用和先锋模范作用。

在这场没有硝烟的疫情防控阻击战中，自治区党委以强有力的政治引领，调配筹集医用防护用品等物资运往一线，号召"一方有难、八方支援"的社会各界力量冲在一线，见证了宁夏赴湖北6批785名白衣战士"召之即来，来之能战"的"最美逆行"，形成全区疫情防控工作统一领导、统一指挥、统一行动的全民坚决抗击疫情"作战图"，显示出中国共产党强大的凝聚力、号召力、组织力。

紧紧依靠人民群众　着力筑牢群防群控的坚实基础

习近平总书记强调："紧紧依靠人民群众，坚决把疫情扩散蔓延势头遏制住，坚决打赢疫情防控的人民战争、总体战、阻击战。"面对发展变化快速的疫情形势，宁夏争分夺秒地行动着。连日来，陈润儿书记更是马不停蹄、行程紧凑，不打招呼、直插一线，明察暗访、督导工作。

社区是传染病防控的第一道防线。1月25日农历大年初一，陈润儿来到银川市金凤区清水湾社区国子城小区，暗访督查疫情防控情况。对于该小区在防控工作中存在的一些问题，陈润儿提出具体要求，强调要加强对社区、乡村基层疫情防控工作任务落实的监督检查。

在此后的行程中，陈润儿将暗访督导的重点放在城镇社区、村庄、高速公路出口检查站，这些地方正是防控工作的重要关卡。了解到社区有些工作仍未做到位时，陈润儿强调，社区是防控的前沿阵地、关键环节。要把社区群众发动起来、组织起来、凝聚起来，全面落实联防联控的有效措施，着力构筑群防群控的严密防线。同时，陈润儿提出要充分发挥社区党组织和党员的战斗堡垒作用和先锋模范作用。"关键时刻，各级党组织要切实提高组织力、号召力、战斗力，成为群众的贴心人、主心骨，广大党员要打头阵、当先锋，坚决打赢疫情防控阻击战。"陈润儿表示。

连日来，陈润儿在主持召开各类会议和马不停蹄调研督查的同时，还十分关心奋战在一线的医护人员。他多次通过视频连线、通电话等方式，向奋战在一线的医护人员表示慰问和感谢。

2月14日，陈润儿与宁夏援助湖北省襄阳市、武汉市医疗队队员通电话，了解他们工作开展情况、身体健康情况和存在的困难。同时，他叮嘱领队："要做好思想工作，使大家始终保持旺盛的斗志、饱满的精神；要加强组织协调，使大家既出色完成任务，又保证身体健康。"

2月15日，宁夏第四批援助湖北医疗队从银川河东国际机场启程，奔赴湖北省武汉市疫情防控一线，陈润儿特地到机场为他们送行。在现场，他深情地说："广大医务工作者临危不惧、冲锋在前，彰显了敬佑生命、救死扶伤的责任担当，体现了人爱无疆、无私奉献的高尚品格，展示了无所畏惧、舍生忘死的牺牲精神。"

依法防控依法治理　以法治思维开展疫情防控工作

习近平总书记在中央全面依法治国委员会第三次会议上强调，要从立法、执法、司法、守法各环节发力，全面提高依法防控、依法治理能力，为疫情防控工作提供有力法治保障，为各地做好疫情防控工作指明了方向、提供了遵循。

疫情发生以来，自治区党委和政府始终坚持运用法治思维和法治方式推动工作，党政主要负责同志多次要求要依法依规开展疫情防控工作。指挥部及时抽调法律专业人员全程参与疫情防控工作，对指挥部作出的每项决定、发布的每个公告、制定的每份文件，都严格从权限、主体、程序、过程等方面开展合法性审查，确保疫情防控工作始终在法治轨道上运行。

疫情防控越是到最吃劲的时候，越要在法治轨道上统筹推进各项防控工作。越是关键时刻，越能检验党员干部的初心使命。在2月6日宁夏召开的自治区党委常委会会议上，陈润儿着重强调了依法防控的问题，明确提出各级各部门和全社会都要增强法治意识，提高法治能力，履行法律责任。当天晚上，陈润儿在视频会议上再次强调，要依法追究责任，坚决整治形式主义、官僚主义，切实解决作风漂浮、履职不力等问题，对不担当不作为的干部严格问责，对不遵法不守法的行为严厉纠正，对敢担当善作为的干部大胆使用。

两天后的2月8日，同心县韦州镇党委、镇政府履行责任不到位，落实防控措施不利，对疫情防控工作造成严重不良影响，经同心县委研究决定，免去韦州镇党委书记以及镇长职务，并依规依纪依法对相关责任人严肃处理。此举也为在一线关键岗位的党员干部敲响了警钟：疫情防控，切不可糊弄了事。

2月9日，宁夏回族自治区高院、检察院、公安厅、司法厅联合发布通告，依法严惩妨害新冠肺炎疫情防控刑事犯罪。

2月11日，宁夏人大常委会表决通过了依法防控新冠肺炎疫情的决定,进一步授权政府可以依法采取的措施,明确各级人民政府和相关部门职责,单位和个人的义务,严厉打击疫情防控中的违法行为。

此外,宁夏回族自治区纪委监委再次下发通知,提出把反对和纠治疫情防控工作中的形式主义、官僚主义作为当前重要任务,坚持实事求是、依规依纪依法,规范精准执纪问责。同时,宁夏回族自治区党委组织部制定了相关方案,明确了通过"六看"在疫情防控一线考察识别干部。

统筹安全与发展 疫情防控和经济社会发展"两手抓"

安全是发展的前提,发展是安全的保障,安全和发展要同步推进,推进新时代中国特色社会主义伟大事业必须坚持统筹安全和发展两件大事。打赢疫情防控阻击战就是抓安全,做好防控工作的同时统筹抓好改革发展稳定各项工作就是抓发展,两者不可偏废。

中共中央政治局常务委员会2月3日召开会议指出:"疫情严重的地区要集中精力抓好疫情防控工作,其他地区要在做好防控工作的同时统筹抓好改革发展稳定各项工作。"

疫情发生以来,宁夏的批发零售、住宿餐饮、交通运输、文化旅游、制造业等行业,以及小微企业均受到不同程度影响。为此,2月8日,自治区出台《关于应对新型冠状病毒感染肺炎疫情影响促进中小微企业健康发展的若干措施》,从5个方面提出18条措施,以帮助中小微企业提振信心,稳定运行。

陈润儿对企业复工复产中的疫情防控十分关注。2月9日,陈润儿到宁夏兴唐米业集团,对其组织职工加班加点生产加工优质大米并捐献给湖北省的做法表示赞赏,并表示,企业既要抓生产,也要抓好疫情防控工作。2月15日,陈润儿到吴忠市暗访督查疫情防控工作时,专门到宁夏新希望反刍动物营养食品有限公司询问生产经营情况。他强调,疫情防控是企业生产经营的前提,要坚持一手抓疫情防控,一手抓企业生产。

调研完的第二天,陈润儿主持召开专题会议,研究自治区领导分工、深入园区抓好疫情防控和帮助企业复产工作方案,安排部署园区疫情防控和企业复产工作。

2月20日,陈润儿在自治区党委常委会会议上强调,要统筹抓好疫情防控和经济社会发展。此次会议明确提出了7项重点工作:要抓好改革发展稳定各项工作;帮助企业及服务业渡过难关;做好春耕各项准备工作;做好重点项目开工前期工作;及时组织消费恢复;要抓好政策落实落地,让企业尽快恢复元气;要做好稳定扩大就业工作。

2月23日,统筹推进新冠肺炎疫情防控和经济社会发展工作部署会议在北京召开。中共中央总书记、国家主席、中央军委主席习近平出席会议并发表重要讲话。这场大规模的电视电话会议针对疫情防控提出了7点要求,针对经济社会发展工作提出了8点要求。

当天,宁夏立即召开持续抓好疫情防控和保持经济平稳运行视频会议,贯彻落实习近平总书记重要讲话精神。陈润儿在会上指出,要保持经济社会平稳发展,努力实现全年目标任务。同时,进一步提出了几项重点工作:全面做好"六稳"工作,稳定企业生产经营,抓好农业生产备耕,推进重点项目建设,培育消费热点,切实抓好脱贫攻坚,促进扩大社会就业,认真落实扶持政策。

近期,宁夏密集出台应对疫情影响促进中小微企业健康发展、加强支持复工复产金融服务保障的政策性文件,积极落实金融政策提振企业信心,恢复生产。截至目前,全区规上企业复工复产642户,复工率55%;60家龙头企业复工企业56家,复工率为93%。2月21日宁夏上市公司总市值较2月3日(开市首日)的总市值上升了10%,宁夏14家上市公司中有93%的公司已复工,其中全面复工的公司占57%,部分复工的公司占36%。

(原载2020年2月24日人民网　李增辉　方开燕　贾　茹)

同时打响疫情防控阻击战和脱贫攻坚战
——"小省区宁夏何以能?"系列报道之二

各级听令而行　精心排兵布阵

有了制度保障和抗疫方案,便有了行动的指南。

宁夏党委和政府始终以人民为中心,落细落实防控措施,科学依法防控疫情。把疫情防控作为最紧迫的任务、最重要的工作,抓好"防、控、治、保"的每一个环节。

如何封堵传染源头,是打赢这场战"疫"的前提。宁夏加强对机场、火车站、汽车站和省际道路路口等场所的查验,逢车必检,逢人必查。同时,强化乡村和社区的网格化管理,启动新一轮地毯式大排查、全覆盖"大起底",进村入户逐一开展走访调查,做到县不漏乡、乡不漏村、村不漏户、户不漏人;对外地返宁人员,建立健康登记制度,分片包户管理。目前，全区共设立集中隔离医学观察场所103处，对来自非疫情严重地区无不适症状的人员，以及与确诊病例和疑似病例有一般接触的人员，一律实行居家隔离医学观察。

抓好源头控制，切断传播途径，是防控疫情的关键着力点。1月25日19时起，宁夏启动重大突发公共卫生事件I级响应，构建联防联控、群防群控防控体系。针对节后人员大范围流动可能带来的疫情扩散风险，宁夏教育厅发布通知，推迟全区各大中小学、幼儿园开学时间；宁夏人力资源和社会保障厅出台13条"硬核"措施，统筹推进稳就业。同时，宁夏还发动各方力量大力开展爱国卫生运动，指导各地各单位对办公楼、商场、餐饮娱乐、工厂车间和公共交通工具等重点区域进行清洁、消毒，防止疾病传播。

在医疗救治方面，宁夏坚持把早发现、早报告、早隔离、早治疗作为最重要的抓手，各地也将关口前移，把好收治患者的第一道大门。增设发热门诊，设置医学隔离观察点，对疑似患者进行单间隔离，一经确诊立即就近转送定点医院救治……自治区卫生健康部门坚持边诊断、边检测、边治疗，确保第一时间快速收治。在宁夏首例新冠肺炎病例被国家卫生健康委确定后，自治区党委和政府成立了疫情防控领导小组，研究制定了《宁夏新型冠状病毒肺炎防控技术方案》，按照"集中患者、集中专家、集中资源、集中救治"的原则，集中优质资源，组建专家团队。每天早上，专家组召开例会，对每例确诊患者进行会诊，根据患者病情发展情况进行详细分析研判，及时调整诊疗方案，密切观察病情变化，严守"零死亡"底线。

同时，自治区诊疗专家组采取现场或互联网远程会诊，快速分析研判，确认诊断结果。对核酸检测为阳性的患者，安排专人专车迅速转至定点医院，确保第一时间得到治疗。经过艰苦努力，截至3月8日24时，全区累计集中收治新冠肺炎确诊病例75人，其中治愈出院71人，在院病例4人，治愈率达到94.6%，疫情防控形势积极向好的态势正在拓展。

为确保疫情防控阻击战打得稳，在防控物资供应上，自治区千方百计统筹区内外各种资源，按照"下拨一批、储备一批、谋划一批"的原则，发放各类口罩37.9万个，优先保障一线医护人员。在群众基本生活方面，落实"米袋子"省长责任制和"菜篮子"市长负责制，特别加强粮油、肉蛋、蔬菜等生活必需品的调运和投放，没有出现大的价格波动。此外，宁夏党委组织部划拨600万元党费支持疫情防控工作，并出台做好子女入学照顾等7条实际措施为一线医务人员及其家属提供保障。

"一把手"聚力，"一盘棋"奋力，"一条心"合力，"防、控、治、保"全面发力，以抓实抓细抓具体的作风渡难关迎大考。

全区战略坚定　战术灵活

在宁夏应对新冠肺炎疫情工作指挥部第七场新闻发布会上，自治区发改委主任许宁介绍了下一步宁夏如何统筹做好疫情防控与经济社会发展的情况。

宁夏疫情总体处于可防可控阶段，目前形势正朝着积极向好的态势拓展，但随着企业复工复产、返宁来宁人员增多，疫情传播风险和防控压力也在加大，疫情防控形势依然严峻复杂。

在打赢疫情防控阻击战的同时，实现2020年经济社会发展目标任务，是摆在我们面前十分艰巨而又必须完成的任务。在当前形势下，统筹好疫情防控和经济发展，对于我们而言无疑是一次大考。

近日，自治区党委和政府明确要求坚决落实分区分级精准防控策略，按照分区响应、分级防控、分类指导的要求，对不同风险地区采取差异化防控措施，对不同风险人群实行针对性管理办法，坚定不移做好当前疫情防控重点工作。

把疫情耽误的时间抢回来，把疫情造成的损失补上来。

宁夏回族自治区党委办公厅下发《关于自治区省级领导同志督促指导开发区抓好疫情防控、企业复工复产的通知》。宁夏通过建立省级领导同志督促指导工作机制，组织、协调、督促、推动市县、开发区和企业层层落实责任，确保"防、控、治、保"各项措施落到实处，帮助企业稳定生产、恢复产能、正常经营。

为帮助中小微企业平稳渡过难关，宁夏还密集出台促进中小微企业健康发展、加强支持复工复产金融服务保障的政策性文件。比如，在降费政策方面，从2020年2月起，免征中小微企业养老、失业、工伤三项社会保险单位缴费部分，免征期5个月；对受疫情影响较大的交通运输、餐饮、住宿、旅游行业企业2020年度发生的亏损，将最长结转年限从5年延长至8年。

精准施策是打赢疫情防控阻击战的关键。陈润儿在自治区党委常委会扩大会议上指出，要坚持精准施策、持续抓好疫情防控、精心组织实施、保持经济平稳运行。宁夏各地区各部门始终在精准防控上下大功夫，始终保持临战状态毫不懈怠，不达胜利决不收兵。

然而，在疫情防控工作最吃劲的关键时期，个别地方的领导干部却出现关键时刻不担当、不作为、乱作为。在2月6日宁夏召开的自治区党委常委会会议上，陈润儿着重强调了依法防控的问题，明确提出各级各部门和全社会都要增强法治意识，提高法治能力，履行法律责任。当天晚上，陈润儿在视频会议上再次强调，要依法追究责任，坚决整治形式主义、官僚主义，切实解决作风漂浮、履职不力等问题，对不担当不作为的干部严格问责，对不遵法不守法的行为严厉纠正。

此后，宁夏多个部门下发通知，要求依法防控依法治理，以法治思维开展疫情防控工作。

精准问责为打好战"疫"保驾护航。

只有坚定战略布局，适时灵活调整战术，才能打一场彻底的疫情阻击战。疫情发生以来，自治区党委和政府始终坚持运用法治思维和法治方式推动工作，党政主要负责同志多次要求依法依规开展疫情防控工作。在有力的法治保障下，宁夏一手打好疫情防控战"疫"，一手推动经济平稳运行，力争把疫情对经济社会发展的影响降到最低。

"战'疫'战'贫'"都要赢　决战决胜齐发力

就在所有人期盼宁夏清零时，2月26日，宁夏出现首例境外输入型病例，这给宁夏的疫情防控工作带来了新挑战。

对此，陈润儿主持召开境外新冠肺炎疫情输入防控专题会议，强调把防范境外疫情输入作为当前疫情防控工作中一项非常重要、非常紧迫的工作，严格落实入境人员检疫隔离措施，坚决防范境外输入疫情持续扩散。

"为人民群众的生命健康负责，以实际行动践行忠诚担当。"这是宁夏落实习近平总书记要求和中央精神的动员令，更是冲锋令，也是向人民和时代作出的庄严承诺。宁夏各级党组织和广大党员干部正在用实际行动践行着使命与担当。

2020年是打赢脱贫攻坚战的收官之年。习近平总书记指出，今年脱贫攻坚要全面收官，原本就有不少硬仗要打，现在还要努力克服疫情的影响，必须再加把劲，狠抓攻坚工作落实。

"战'疫'战'贫'"，两场仗都是硬仗，两场仗都要赢。

目前，宁夏还剩下一个贫困县没有脱贫，宁夏的脱贫攻坚正处在"临门一脚"的关键时刻，原本就有不少硬仗要打，面对疫情带来的严峻挑战，如何防止因疫返贫、因疫致贫、因疫更贫问题的发生，成为各级党委和政府面临的新难题。

2月28日，固原市以包租专机的方式，输送315名务工人员赴福建返岗务工，这拨操作立刻引发网友点赞。2020年是固原市脱贫攻坚决胜之年，面对疫情防控考验，固原市委、市政府加强与福建省人社、就业部门和企业对接，及时收集发布用工信息，采取线上线下结合招聘，包车包机"点对点"输出，强化闽宁劳务协作，确保就业大局稳定。

3月1日，自治区扶贫开发领导小组2020年第1次会议暨全区脱贫攻坚"四查四补"工作会议召开。会议指出，统筹做好疫情防控和脱贫攻坚工作，各司其职、尽锐出战，举全区之力坚决打赢打好疫情防控阻击战和脱贫攻坚收官战。

兄弟同心,其利断金。作为西北五省区中唯一"一省包一市"的省份,宁夏掏出"家底"。目前,在前方的援助力量已占宁夏各级各类医疗机构中所有呼吸、感染、重症、急诊等重点专业的50%左右。"宁"相助,心"襄"连,宁夏势必要与全国一起,打好这场疫情防控阻击战。

3月4日,宁夏回族自治区政府宣布,2019年宁夏共有109个贫困村脱贫出列,减贫10.25万人,同心县、原州区、海原县3个国家贫困县和红寺堡区1个自治区贫困县(区)退出贫困县序列,全区9个国家级贫困县区仅剩西吉县尚未脱贫,也有望在2020年摘帽。

统筹做好疫情防控和脱贫攻坚、经济社会发展,是一次关乎民生、民命的大考。

击鼓挺进,胜方鸣金!

(原载2020年3月9日人民网　李增辉　方开燕　贾　茹)

用战"疫"效果检验主题教育成果
书写初心使命新答卷

——"小省区宁夏何以能?"系列报道之三

中国共产党的领导是中国特色社会主义最本质的特征,是中国特色社会主义制度的最大优势。党的领导制度是国家的根本领导制度,是统领和贯穿其他12个方面的制度。新冠肺炎疫情发生后,习近平总书记作出重要指示,强调各级党组织和广大党员干部必须牢记人民利益高于一切,"不忘初心、牢记使命",团结带领广大人民群众坚决贯彻落实党中央决策部署。

近日,宁夏回族自治区党委书记、党的建设领导小组组长陈润儿在自治区党的建设领导小组2020年第1次会议上指出,要深化思想认识、提高政治站位,在大战大考中增强抓党建的政治自觉。坚持党的领导是最根本的政治优势,加强党的建设是最根本的政治责任。

要以制度建设为保障，推动党的建设在推进治理体系和治理能力现代化上迈出新步伐、取得新成效、开创新局面。

这一场战"疫"，本质上是考验执政能力，检验宁夏回族自治区党的建设效果的一个过程。

基层战斗堡垒叠层夯实，制度措施环环相扣，机制方法平战结合，党员考验奖惩并举。一张横向到边、纵向到底的党建战"疫"令，伴随重大突发公共卫生事件I级响应机制而覆盖全区。

坚持以人民为中心
一声号令火速激活疫情防控"红细胞"

"为人民谋幸福、为民族谋复兴"始终是中国共产党人不断前行的强大动力。疫情发生以来，习近平总书记反复强调"把人民群众生命安全和身体健康放在第一位"。这不仅是当前疫情防控工作的根本遵循，也是举国上下共同战"疫"的有力感召。

"要组织动员广大党员干部在关键时刻挺身而出、冲锋在前，与人民群众同呼吸、共命运，坚决打赢疫情防控阻击战。"宁夏回族自治区党委书记陈润儿说。

1月28日，宁夏回族自治区党委组织部发出通知，要求党政主要负责同志切实提高政治站位，做到守土有责、守土担责、守土尽责；各级党组织和广大党员干部充分发挥战斗堡垒作用和先锋模范作用，全面落实联防联控措施，构筑群防群治的严密防线；各级组织部门要在打赢疫情防控阻击战这场严峻斗争的实践中考察识别干部。

疫情发生以来，宁夏始终坚持"全国一盘棋"的战略全局观，向各地派出了由自治区党委常委任组长的5个防疫工作指导组和6个督导检查组,以督促指导各市、县(区)和联防联控单位防疫工作落实到位。同时,从领导责任落实情况、基层党组织和党员发挥作用情况、防控措施落实情况等方面制定了一系列措施,全面加强党对疫情防控工作的统一领导,为打响这场人民战"疫"提供了制度保障。

"让党旗在防控疫情斗争第一线高高飘扬。"

宁夏各地坚持基层治理"一体化"模式,充分发挥党建网格优势,积极动员社会各界投身疫情防控工作。银川市依托村(社区)排查组成立多个临时党支部,将党支部网格嵌入疫情普查的关键环节;石嘴山市充分发挥街道党工委、社区党组织横向联系优势,加强网格内机关企事业单位协同配合,实现了网格内联防联控全覆盖;中卫市为进一步压紧压实疫情防控责任,还建立了市县(区)领导网格化包抓城乡社区疫情防控责任机制,构建横向到边、纵向到底的"四级包抓"责任体系。

自治区各级党组织坚决把思想和行动统一到党中央决策部署上来,充分发挥战斗堡垒作用和先锋模范作用,始终坚持以人民为中心,因地制宜采取一系列务实而又具体的举措,全面落实联防联控措施、筑牢群防群治防线。

党旗迎风高高飘扬

把党支部战斗堡垒筑在"疫"线最前沿

制度的生命力在于执行。

党的十九届四中全会提出,要建立"不忘初心、牢记使命"的制度,完善坚定维护党中央权威和集中统一领导的各项制度。什么是初心？什么是使命？就是党员干部在关键时刻能够拉得出、冲得上，就是要在疫情防控战场上见行动。

在宁夏，有一批又一批战"疫"最美逆行者——

"在此，本人强烈要求火线入党，并无条件奔赴在最需要的地方，为此次援鄂奉献自己的全部力量，望组织批准！"宁夏援鄂医疗队队员李慧梅在入党申请书中写道。在固原市彭阳县，几位老党员主动请缨负责全县5个点的集中隔离工作，入党积极分子韩列梅、李晶等请战支援湖北，即将退休的老党员万兆银坚守发热门诊……

危急时刻、危难关头，一封封奔赴前线的请战书，一个个饱含责任的红手印，一份份满怀请战意愿的入党申请书，集结了一批又一批召之即来、来之能战的最美"逆行者"。

在宁夏，有一个个党员突击队冲锋在前——

相关企业火速复工，紧急调配3000名工人，成立宁夏建投自治区第四人民医院传染病综合楼项目建设指挥部临时党支部，下设7个党小组，243名党员突击队和256名青年突击队代表冲锋在前，引导参建干部职工战斗在一线，不眠不休克服困难抢进度、抓质量、保安全……历时15天建成的宁夏版"火神山"医院，创造了宁夏速度，筑成宁夏防疫生命线。

这样的速度与效率，得益于自治区各级党组织始终坚持在党的统一领导下，唯有上下一条心，才能集中力量办大事。

在宁夏，由无数个"小巷书记"织起疫情"防护网"——

"我是一名党员，疫情不退，我们不退。"银川市兴庆区玉皇阁北街街道办事处八一社区党委书记张艳,带领中冶幸福城临时党支部全体党员庄严宣誓并宣读战"疫"誓词。同样在银川市,西夏区构建了多个社区党总支,通过把党组织建在小区上,形成了党员示范引领、各类志愿者助力防控、辖区单位齐抓共管、广大群众密切配合的强大合力,用精准防控措施,织密居民小区安全防护网。

这场阻击战中,宁夏各级基层党组织和党员干部落实网格化责任、实行封闭式管理、保持全链条处置,严格落实"四包一"工作方式,提供"四项服务",团结带领群众构筑起抵御疫情的"第一道防线"。

在宁夏,有一群驻村第一书记"钉"守一线勇当"防疫尖兵"——

"很幸运,我第一时间回到羊槽村加入疫情防控的一线战斗。"农历正月初一,自治区文旅厅驻固原市泾源县黄花乡羊槽村第一书记、驻村工作队队长朱丰敏,主动从银川家中返回村里防控疫情一线。他带领工作队员每日持续工作十几个小时,与人民群众并肩作战,合力织牢防控网。"很累,但这是我应该做的。"有着25年党龄的朱丰敏说。

哪里最困难,哪里最危险,哪里就有共产党员的身影。

在宁夏"不忘初心、牢记使命"主题教育总结大会上,陈润儿书记强调,"不忘初心、牢记使命"是加强党的建设的永恒课题和党员干部的终身课题,要在完善党内制度、形成长效机制上狠下功夫,确保制度优势转化为治理效能。

如何巩固拓展主题教育的学习成果,应对疫情防控,便是检验一个地方治理能力的实战考场,更是考验党员干部初心"成色"的练兵场。

战胜疫情,没有现成的模板可以参考,只有在实战中不断探寻路径。解放思想见思想,求真务实见真章。在自治区党委和政府的坚强领导下,宁夏各领域基层党组织立足各自职能优势和特点,成为疫情防控一线的坚强战斗堡垒,构筑起疫情防控的坚固防线;广大党员干部挺身而出英勇奋斗经受实践考验,彰显了共产党员政治本色和过硬作风。

实战中检验初心"成色"
将识别干部的"考场"搬到疫情防控的"战场"

近日,习近平总书记在统筹推进新冠肺炎疫情防控和经济社会发展工作部署会议上提出,各级党组织要在斗争一线考察识别干部,对表现突出的干部要大力褒奖、大胆使用,对不担当不作为、失职渎职的要严肃问责,对紧要关头当"逃兵"的要就地免职。

只有绩为民所考,才能权为民所用。党员干部的战"疫"表现,成为各地作为考核任用的硬杠杠。

对此,自治区党委组织部制定相关方案,通过"六看",在疫情防控一线识别优秀干部、甄别不称职干部,明确提出对疫情防控工作中表现突出的一线干部大胆提拔使用、优先晋升职级等举措。与此同时,宁夏回族自治区纪委监委下发通知,提出把反对和纠治疫情防控工作中的形式主义、官僚主义作为当前重要任务,坚持实事求是、依规依纪依法,规范精准执纪问责。

近期,宁夏灵武等地有部分干部因在疫情防控期间表现优秀而被火线提拔。同时,也有不少地方的干部因在疫情防控工作中失职失责被问责。

履职不力就会被撤换，表现突出便会被大胆提拔任用，这也给当地下一步如何选拔使用干部提供了启示。

什么样的表现足以获得提拔重用？又是通过什么形式来考察？各地按照自治区党委组织部"六看"要求，制定了更符合当地实际更为具体的举措。比如，石嘴山市委组织部在措施中明确，要从政治素质、宗旨意识、驾驭能力、担当精神等方面识别有责任担当之勇、科学防控之智、统筹兼顾之谋、组织实施之能的优秀干部。在考察形式方面，采用"多方听、一线看、适时谈"等方式，将"督事"与"察人"结合，同时，成立"一线干部考察组"，建立抗疫一线干部考察纪实制度，把专项考察与年度考察、评优选先结合起来。

固原市委组织部则以"双评双定"机制为抓手，制定"九条措施"，细化亮"黄星"评定标准，强化给"红星"成果转化，同时，全面启动市委领导班子和领导干部应对疫情防控工作专项考察，重点看干部在疫情防控中的责任担当和具体表现，分级分层储备干部。

吴忠市制定出台领导干部疫情防控工作专项考察考核实施方案，组织专门力量在疫情防控一线考察、识别、评价县（市、区）处级领导干部和市直部门（单位）主要负责人，及时了解掌握各级"关键少数"在"关键时刻"的表现。

也有一些地方明确了一线容错纠错机制，灵武市委组织部在具体举措中提到，对为防止疫情蔓延、主动担当作为、勇于破除障碍、敢抓敢管、不怕得罪人的干部撑腰鼓劲。

宁夏在抓好疫情防控工作的同时，将组织选人用人"能者上、平者让、庸者下、劣者汰"的体制机制进一步具体化、常态化，从而切实把党管人才优势转化为凝心聚力战"疫"的强大能量。

当前，在疫情形势趋缓，脱贫攻坚到了"临门一脚"的关键时刻，如何为统筹做好疫情防控和经济社会发展提供组织保证，是宁夏面临的新挑战与新考验。

宁夏始终坚持以党建引领统筹推进疫情防控和经济发展。自治区党委办公厅下发通知，通过建立省级领导同志督促指导工作机制，组织、协调、督促、推动市县、开发区和企业层层落实责任，帮助企业稳定生产、恢复产能、正常经营。此后，各市县（区）纷纷建立起领导干部包抓责任制，引导党员在复工复产、脱贫攻坚的主战场担当作为，积极主动下沉到基层，在调研督导中"点对点"服务企业与群众，助其解决实际问题。

比如，石嘴山市各级党组织和党员干部坚持帮扶与严管并举，在一线精准指导的同时，把好复工复产安全关，压实疫情防控主体责任；中卫市积极开展脱贫攻坚挂牌督战，区市联合督战的28个村或社区明确了19名厅级领导和县（区）党委政府28名领导联系督战，层层压实责任，确保剩余贫困人口如期脱贫。

党旗指向哪里，队伍就奔赴哪里，党员就冲向哪里，战斗就打赢在哪里。

作为宁夏脱贫攻坚的主战场，固原市在全市各级党组织和党员干部中开展"担当新使命、展现新作为"学习实践活动，促进各级党组织和广大党员干部新时代新担当新作为，广大第一书记和驻村工作队队员扛起责任、挑起大梁，履行"六员"职责，落实"七项任务",从农历大年三十至今,在疫情防控一线坚守,成为人民群众的"主心骨"和"贴心人"。

"积力之所举,则无不胜也;众智之所为,则无不成也。"在这场没有硝烟的疫情阻击战中,宁夏始终坚持党的集中统一领导,在科学决策中坚持人民性,在执行落实中坚持实践性,时刻把政治纪律和政治规矩挺在前面,以强大的政治领导力、思想引领力、群众组织力、社会号召力,把广大人民群众动员起来、组织起来、凝聚起来,释放出最强战斗力。

毕竟,上下同心,方能共克时艰。

(原载2020年3月13日人民网　李增辉　方开燕　贾　茹)

烛照未来

给我们方向的,谓之光。

给我们力量的,谓之光。

给我们希望的,谓之光。

庚子记忆,注定让人毕生难忘;那个春天,有情有义有故事。

2020年伊始,面对突如其来的疫情,14亿中国人民在以习近平同志为核心的党中央坚强领导下,众志成城、团结一心,"天使白""橄榄绿""守护蓝""志愿红"迅速集结,广大人民群众或向险而行,或默默坚守,构筑起疫情防控的坚固防线,在最短的时间内有效遏制了疫情扩散,取得了疫情阻击战的胜利。在与病魔战斗的日子里,有太多的人、太多的事、太多的情,值得我们珍惜,值得我们铭记。

在近日举办的全国抗击新冠肺炎疫情表彰大会上,习近平总书记就抗疫精神进行了深刻阐述。他说,在这场同严重疫情的殊死较量中,中国人民和中华民族以敢于斗争、敢于胜利的大无畏气概,铸就了生命至上、举国同心、舍生忘死、尊重科学、命运与共的伟大抗疫精神。

历史不会忘记，无数我们不知道名字、看得见背影的人，有一分热，发一分光，不计报酬，无问生死。

历史不会忘记，那一个个逆风出列、负重前行的身影，让我们重新定义"英雄"，让我们得享现世安稳，岁月静好。

历史不会忘记，正是这一道道烛光，给我们以灯塔般的方向、永不言弃的希望和源源不断的力量。

爱人利物之谓仁，疫情无情人有情。万物复苏，病魔却步。杨柳吐新，战士荣归。英雄们事了拂衣去，深藏身与名，但是我们不应该忘记。

岁月久长，唯有镌刻在心底的记忆，能让它们永远鲜活。如果说书写可以留存记忆，那么就让我们通过文字表达心意。在字里行间，重回现场，与那些彻夜无眠与泪流满面再度相逢。

铭记历史，烛照未来。《山河挚爱——2020宁夏抗疫纪实·新闻纪实作品》（卷一、卷二）的辑录出版，即为此意。本书收录了中央、宁夏回族自治区及地市新闻媒体100多篇抗疫报道，力争全景式呈现庚子之春宁夏抗疫的精彩答卷。

——始终把人民群众生命安全和身体健康放在首位，是这份答卷上的赤子之心。

不忘初心，方得始终。自治区党委、政府坚决贯彻落实习近平总书记关于疫情防控重要指示精神，运筹帷幄，科学决策，带领全区各级党组织和广大党员干部坚定信心、冲锋在前，奋力投身疫情防控阻击战，牢牢守护690多万宁夏儿女的生命安全，谱写出一部荡气回肠的华彩乐章。

——白衣执甲,舍生忘死。千里驰援、同呼吸共命运,是这份答卷上的同舟共济。

在驰援荆楚大地的生命大救援中,宁夏积极响应国家号召,第一时间组建医疗队千里驰援。2020年1月28日至3月25日,宁夏先后派出6批785名白衣战士奔赴湖北抗疫最前线,与时间赛跑、与病魔抗争,与湖北人民同呼吸、共命运,舍生忘死援前线,春风换得江城暖。

——五市联防联控,万众一心战疫情,是这份答卷上的众志成城。

庚子之春,遍地英雄。从重症病房到城乡社区,从工厂车间到科研院所……一名名医护人员逆行火线,一个个共产党员挺身而出,一座座战斗堡垒巍然矗立,一面面党旗高高飘扬……公安民警、基层干部、社区工作者、新闻工作者、志愿者,大家拧成一股绳,在宁夏大地上同舟共济,挡病毒于城外,守安宁于一方。

——确诊病例零死亡,治愈率100%,是这份答卷上的春光染绿。

2020年1月22日,宁夏首例输入性新冠肺炎确诊病例被国家卫健委确认。经过艰苦卓绝的努力,3月16日16时,在宁夏诊疗专家组全体成员护送下,宁夏最后2例新冠肺炎确诊患者走出自治区第四人民医院隔离病区。至此,宁夏实现"四个零"目标:确诊病例清零、密切接触者清零、医务人员零感染、确诊病例零死亡。在这场没有硝烟的战斗中,宁夏累计报告确诊病例75例,治愈率达100%。这是全区上下团结一心取得的重大成果,是宁夏抗击疫情精彩答卷上荡气回肠的篇章。

这场没有硝烟的战斗,是物质的角力,更是精神的对垒。大爱无疆,血与泪,不会白流。看,河开了,草绿了,在春天,我们等来"春天"。

庚子之春，有一件"战袍"是"白色"的，有一种"英雄"是"逆行"的，更多的英雄是默默无闻的。

我们，不会忘记他们曾怎样战斗过。我们，不会忘记每一名"战士"的身影。

书写是为了铭记，为了致敬，为了更好地前行。

让我们的心灵铭记这段抗击疫情的岁月。让我们的文字起立，向抗疫英雄深深地致敬。

铭记历史，致敬英雄，向新时代奋然前行！

宁夏日报报业集团党委书记　社长　总编辑　周庆华

2020年11月13日